# 角落裏的她

游欣妮 著

只要是一點記掛的心意，
再微小都有重要的意義。

# 目錄

# 喜悦

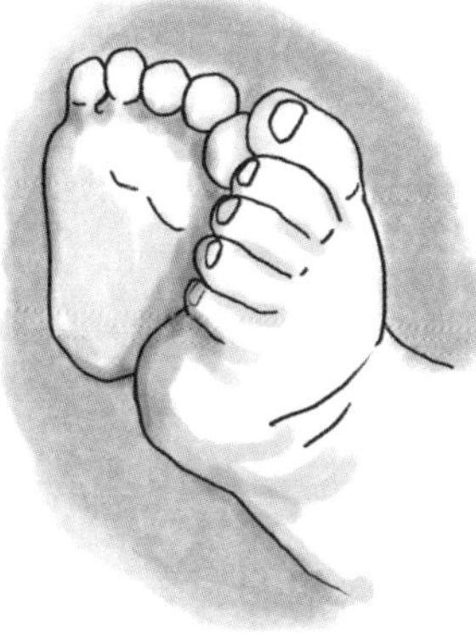

「我大個咗喇，我係家姐喇！」大約兩、三歲，咬字仍不甚清晰的小妹妹說。

凌晨三點多的時候，鄰牀的太太肚子痛得厲害，開始發出陣陣因痛楚而生的慘叫，勤快的護士趕忙來為她檢查，又急匆匆地請來當值醫生，卻發現牀與牀之間連一塊獨立布簾都沒有。

是的，這早就不是新聞了。一列五張牀，卻只有三塊布簾，其中一條布簾路軌上的小鈎還卡住了，用不得。「十個茶煲四個蓋」，布簾連路軌經常被拉來扯去，疲於奔命，不到一天，其中一列路軌的小掛鈎已全數脫落，大幅布簾隨即疲軟地坍塌下來。結果經歷無數移動拉扯之後，竟然只有卡住了無法動彈無法使用的那列路軌、那片布簾最平靜，最安穩。連安排人手換走它的時間都沒有。

於是，每次響起「所有太太返埋牀準備聽ＢＢ心跳」這句話時，大家都不怎麼介意在沒有布簾遮掩的情況下掀起衣服露出圓滾滾漲鼓鼓的肚皮，不知不覺對沒有布簾這回事習以為常。只是，比起聽胎兒心跳，有更多情況是必須要保有最大程度的私隱的。這些時候，行動自如的太太們一般都願意自動離牀走動一下，好讓布簾框住的兩、三張牀的空間只剩醫生、護士或病人服務助理和將接受檢查的待產太太。

凌晨三點多，我在淺睡中聽到鄰牀太太壓住低沉的呼聲，按下了召喚鈴，護士急促的腳步聲趕至，我倏地完全清醒了，所以當她們再次在忙亂之中猛然驚醒沒有布簾可間隔的時候，我能立即回應：「不如我先到外面坐一會兒？」護士們猶豫，而鄰牀太太忍着痛還不忘說：「不要緊，你不用到外面坐啊！」這一切細節，其實都是對夜深的顧忌和不願意勞煩別人的體己。結果我當然是自發到等候入院處那列椅子坐着，在燈火通明之下思考人生。因為這一點私密，我始終覺得必須保留，無論對正在痛楚中掙扎的準媽媽還是醫生，給他們自在而無顧忌的空間也是一種尊重。

同一日凌晨四點多，對面牀那位疼痛多時的太太也突然穿羊水了。確認那些汩汩流瀉的液體原是羊水不過頃刻之事，護士和助理瞬間已備妥輪椅，連燈都沒有開，我以為她馬上要臨盆了。只是，四個小時之後，我知道她仍在候產室裏承受層級式遞增的痛楚煎熬，要等待時機成熟才能進入產房。我知道，是因為我看到她的先生在病房門外的椅子上倚着牆壁昏睡了，前一晚的探病時間即將完結之時，我們都聽到這位先生跟太太說：「我會一直在門外等，方便隨時陪產。」那時還未到晚上七點半。也許大家都沒想到，原來從第一個準備生產的徵兆開始，產程可以如此綿長，如此磨人。難怪早前那位將要催生的太太堅持要吃飽才往候產室，畢竟要應付隨時可能横跨十多小時的逐漸強化式疼痛才能正式進入終極的生產階段，縱是沒有進食的胃口與心情，也得有足夠的能量與力氣。

久待日子長，在產前病房裏聽到過的各式各樣的慘痛呻吟聲有增無減，或淒厲或哀鳴，然而這並不會帶來任何因習慣而生的麻木感。每當類似的聲音響起，不能自控的無盡繪影繪聲的想像立即自動放映，聲情並茂，教人心裏發毛，毛骨悚然，一陣緊接一陣的惶恐驚懼油然而生。大家都是在這種環迴立體聲效中等待，肚腹裏與自己連繫多時的小生命隨時到臨，隔着肚皮傾聽的心跳聲將躍然成耳際的呼吸氣息與初生幼嫩的嚶嚶啼哭，在身體內划動過的跳彈、迴旋的游弋姿勢將變成伏於胸前小小的溫暖的嬰兒。既帶着誠懇真摯的緊張期待，又覺氾濫的對深不可測的未知之數的憂慮與恐懼。

猶幸偶爾能遇到體貼的醫護人員，適時紓緩緊張，排解憂困。我在轉病房之後第一次遇到那位蓄一頭極短髮的年輕護士，嗓音清亮，笑聲爽朗。

當她忽然前來逐項逐項仔細地探問，把曾在我身上發現的問題，吃過的藥物全部問了一遍，跟進目前情況和進展，連有天我因扭傷了腰需要見物理治療師，或是後來被建議使用托腹帶和壓力襪都問到了之後，我才知道她竟然把過往五十多天，醫生記錄我身體狀況的牌板和報告全部看了一遍。

除了這些實際的身體問題，連我的心理狀況她也深表關注。「不要介意在這兒住得久，要記住在這兒住其實是為了安全，對自己，對孩子也是一種幫助，不要覺得自己在偷懶，你是在用另一種方式努力！」

派發藥物的時候，護士用條碼機掃描我手帶上的二維碼，她發現我的手帶上的字已褪成淡灰色了，立即說要打印一條新的手帶給我替換，我婉拒了。我總覺得，到手帶上的字全然褪色，我就可以回家去了，我不願意見到新鮮的、鮮活的、明亮奪目的黑色，因為那彷彿一個新循環的暗示。而她也似乎曉得我的心意，沒有執拗地堅持。

今天其中一位當值的醫護人員就是這位細心、認真的護士。在慌張裏遇到善良、細心、充滿愛心的護士，病人會覺得自己尚有一點小幸運，因為當不幸被病魔選中，被難纏的疾病抓緊、蹂躪，在不幸之中尚能碰上一些不止盡責，甚至體貼得超額完成工作的好心人，總教人在難熬中覺着輕微的寬慰，畢竟美好人事不一定能讓我們遇見。

「我大個咗喇，我係家姐喇！」大約兩、三歲，咬字仍不甚清晰的小妹妹主動對我揮手，並重複了兩三遍這句話。那時，正是妹妹們到來探望我前，我在病房門外等待的短短幾分鐘。陌生的小妹妹即使戴着口罩，仍能讓人感受到她那份雀躍的愉悅。在此之前，我和這小不點只有過一面之緣，我對她笑，她仍只顧定睛於我那雙穿着壓力襪子的腿，又看看她媽媽的腿，可能正疑惑怎麼兩個服裝一樣的人雙腿的穿着迥然不同。

我明白她的欣喜，因為我也確切地感受過成為家姐的興奮與喜悅。

相信那位小妹妹看着媽媽的肚子漸漸隆起，對成為姊姊的期待感定然一天比一天濃厚。產後的媽媽未及恢復，痛楚未及消退，然而當孩子倚在懷裏，一切不足為外人道的痛感與新鮮的傷口都比不上母嬰相連那貫穿通體的溫暖。這些新生命的降臨，為人間帶來了無數歡樂，也成為了迎接新生命的家庭裏最美好的祝福。

## 聖誕禮物

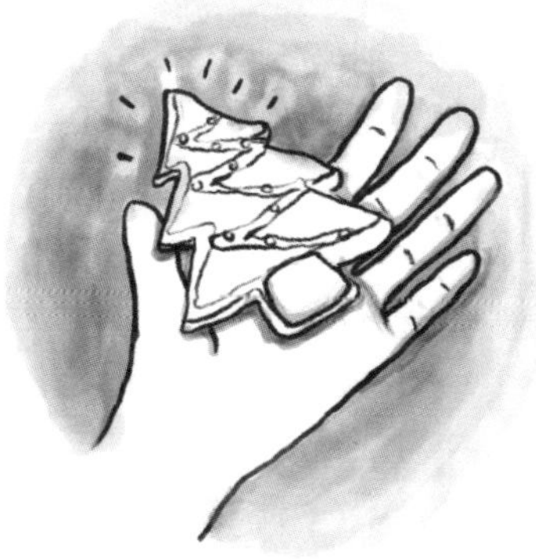

原來那塊聖誕樹曲奇是聖誕禮物，還要病人服務助理按照名單點名派發，名單上有名字的才獲配給一塊曲奇，否則不可能得到這份聖誕心意。

我們在這兒過了冬至、然後將會是平安夜、聖誕節……聖誕節前行政部為其中一些人準備了一塊巴掌大的、用彩糖點綴裝飾聖誕樹造型的曲奇，是那種看一眼就知道不好吃的曲奇。我的餐單上小吃一欄寫的正是聖誕樹曲奇，但是負責分發餅乾的嬸嬸說名單上沒有我的名字。為什麼要扣起我的小吃呢？我不解，但不敢問。隔壁房間也有一個中年婦人未有獲贈曲奇，她為此而與嬸嬸口角，其後更起了激烈的爭執。

「已經這麼多工作了，還要我們花時間做額外工夫，以為我們都閒着沒事做嗎？」嬸嬸怨氣甚重。是的，有時工作就是這樣，人們看着覺得你清閒輕省無事忙，只有自己才明白有些辛勞實在不足為外人道。

「不過是一塊餅乾而已，有沒有又哪有所謂呢？犯不着這般斤斤計較！名單上沒有就是沒有，我也沒辦法，寫字樓的決定輪不到我們控制，你拿我來出氣也沒有用！又不是我扣起你的餅，我貪這些來幹什麼！」嬸嬸連珠炮發為自己辯護，然後我只聽到有個響亮的聲音吼出這句話：「就因為這是聖誕禮物，所以不能不給我！」不多久就有其他人來調停了，嬸嬸繼續氣惱地碎碎唸，似乎正好有個機會發洩積壓已久的滿腔的忿忿不平。婦人繼續不停的哭鬧，對於別人的解釋大概完全沒法聽進去。

聖誕禮物原來這麼重要嗎？可能因為我們已在這兒過了平靜的冬至。各人四分五裂地在自己僅有的劃定的板塊裏獨自用餐。幸運的能獲安排正餐，其他可能是0.75份的淡味飯餐：白灼菜心、肉碎煮豆腐、配一碗軟得沒有牙都能吃的爛飯仔。有的人更可能只吃到撈不出半片冬菇的冬菇肉碎粥或者紙包牛奶配芝麻梳打餅，最糟糕的情況甚至禁止飲食……

冬至那個晚上，拖地板的嬸嬸漫不經心地說：「今天很熱啊！」我正把玩湯匙，舀着令人倒胃口的糊狀爛飯仔，很自然地回應：「是嗎？在這裏什麼都不知道呢。」嬸嬸彷彿猛然想到什麼似的停住了動作，抬頭望着我說：「啊！你說得對。」或許是我多心，我總覺她眼睛裏若有所失。「不過估計天氣也是和暖的，至少今天看到陽光，昨天天陰呢。」

我想我算是很僥倖的了，我被分配到窗邊位置，雖然側面的大樓因為維修而密封在大片灰暗的蛛網裏，白天有時我還是可以看到對面大樓裏有人在走動，有人開窗簾，有人關窗簾。對面大樓窗邊位的人也和我一樣，不時注視窗簾的拖拉、人們的踱步嗎？要是看得疲倦了，我還可以仰望，仰望那隔在因蒙了塵垢而模糊的窗玻璃外，一小角深邃冷靜的，無瑕疵的天空。

旁邊的少婦趕得及在平安夜前離開這兒，她把聖誕樹曲奇餅轉贈我，我婉拒了，但心裏不無羨慕，羨慕的當然不是她能得到那塊一看就知道難吃的曲奇餅。

她離去前還是把曲奇放在我窄窄的桌上，並叫我加油，又叫我下次要去私家醫院，我急忙擺擺手笑道：「咪！冇下次了！大家以後一齊平安無事！」我壓抑住心底的豔羨，笑着道謝。起初我還以為自己會比她早走呢，那天她進來後嚶嚶哭泣，一會兒後才娓娓道出自己的故事，幾乎把我的紙巾都抽乾了之後，仍抽噎着說不曉得要在這裏待多久，我還請她吃像未打磨的小小紅寶石的無核紅提子，那已是我當時有的最好的茶點了。

不曉得最後那吵鬧的婦人能得到曲奇餅嗎？也有人把自己的禮物轉送給她嗎？是因為預知過了冬至之後，將要在這裏迎接平安夜、過聖誕節，甚至除夕、元旦，所以那份小小的無甚特別的聖誕禮物才如此重要嗎？

凝視蒙塵的模糊窗外那小角深遠天空，我想，也許對一些人而言，聖誕禮物真是重要的，那是一點微小的記掛。只要是一點記掛的心意，再微小都有重要的意義。至少我自己在冬至夜翻弄爛飯仔時，心裏惦記着的也是冰箱裏那硬邦邦的急凍湯圓。

# 姊妹

很多上了年紀的病人，來探望他們的都不是他們的兒女。

然而，他們未必無兒無女。

虹梅嬸嬸每天都有住家飯和足料老火湯水，一天午餐、晚餐兩頓膳食，都是她的姊姊親自烹調後送到醫院來的。因為虹梅嬸嬸體質弱，復原情況不理想，手術後兩天仍氣若游絲渾身乏力，她的姊姊更是一匙一匙地餵她喝湯喝粥水。

虹梅嬸嬸的姊姊虹嬌，體形比妹妹瘦小得多，聲音清脆而響亮。她老是說：「不要緊，我不過煮一點飯菜熬一點湯，最重要你快點康復，大家身體健康。」據說她住的地方距離醫院不算近，來回得花兩個半小時，早晚來一趟，連同到菜市場張羅食材和烹調時間，估計虹嬌嬸嬸一天花在照顧妹妹和來回路程的時間最少十小時。她們都年屆六十多了，虹嬌嬸嬸比妹妹還要年長三歲，雖然她個子嬌小玲瓏，而且看起來體格真的強壯得多，神清氣爽精神奕奕，一點都不像六十多歲，不過日夜操勞想必也是負擔。「唔苭！我當做運動嘛！」

「家姐很愛錫我，自小事事都比我厲害，讀書認字比我多，在工廠包裝比我快，連身體都比我強健得多。這輩子她和我做姊妹就辛苦了，一輩子都是她在照顧我。」

以為虹嬌嬸嬸和虹梅嬸嬸兩姊妹同住，相依為命，原來不，她們各有自己的小家庭。虹嬌嬸嬸和先生同住，兒女早已成家立室。而虹梅嬸嬸的先生早逝，女兒、兒子先後結婚遷出，她獨居快將二十年了。女兒遠嫁外國，起初還能一年見面一次，後來孫子出生後，女兒就甚少回港了，見面的次數愈來愈少，近幾年甚至只能偶爾在手提電話或電腦屏幕上遙遙相望。雖感孤單，但看到女兒一家生活愜意，戚然的心也略感寬慰。想當年女兒說要嫁給外國人，母女二人吵得面紅耳熱，婚禮等繁文縟節一切從簡自然不在話下，旅行結婚後女兒竟說那紅鬚綠眼的女婿不習慣香港生活節奏，要隨他回家鄉討生活，簡直晴天霹靂，接連的打擊使得虹梅嬸嬸傷心欲絕。那時她一直暗地裏叫女婿做「鬼頭女婿」，常埋怨是那「鬼頭」搶走了女兒，女兒自小孝順，是給「鬼頭」帶壞了才會變質。以為女兒越洋遠嫁，至少還有兒子可依靠，後來才恍然明白，自己想得太美好了。兒女有了家室，有了另一半，事事就不可自己作主了。就像從前，丈夫也不喜歡她經常返回娘家。兒子和媳婦雖住在徒步走十分鐘可達的鄰近屋苑，但一、兩個月才回來與她吃一頓飯，間中會帶可愛的孫兒孫女同行，可惜每次都匆匆忙忙的吃完就走，想他們多坐一會兒都不行。媳婦甚少一同前來，一年最多只在吃團年飯時能見上一面。兒子說：「少清從小就看到嫲嫲對她的母親有多刻薄挑剔，心裏有拔不掉的刺。是她討厭婆媳關係，媽，不是你的問題，你不要介意。」虹梅嬸嬸為了不為難兒子，口裏自然說不要緊，心底想的卻是：「我介意又如何呢？」如果介意有用，當年兒子就無法順利娶這個曾離婚三次，比他年長十歲的女子過門。

常言「好兒子不如好媳婦，好女兒不如好女婿。」虹梅嬸嬸每念起從前兒女未婚，雖丈夫早逝，卻也因有兒女相伴才不愁孤單寂寞，不禁感慨萬千。那時，她哪會料想到女兒、兒子會先後被「搶走」，最終自己還是得孤獨終老。只能怨自己上一輩子做的壞事多，今生要償還，女婿媳婦來討債就是她今世贖罪還債的方法。姊姊常開導她，勸她不要這樣想，要改變心態和觀念，不過她始終覺得其實只有這樣想，她內心才覺着點點真正的慰解。

虹梅嬸嬸也感激她的姊夫，說他胸襟廣，有愛心。「我外婆命苦，只有我媽一個女兒，偏偏我媽死得早，從前外婆患病，很多時候我都是瞞着丈夫去看望她，後來又瞞着丈夫去看外公。姊姊、姊夫倒是不遺餘力地照料外婆外公，如果姊夫斤斤計較，姊姊就不能這麼自由地勞心勞力照料外家的人了。不過姊姊也算辛苦命，一輩子都在照顧人，辛勤勞碌。幸好上天待她不薄，讓她嫁了個好丈夫，兒子、媳婦都待她不錯。比較遺憾的是沒有機會抱孫，她很喜歡小朋友呢！不過也沒辦法了，家姐說後生一代有自己一套想法，想管也管不來。」

探訪時間一到，虹嬌嬸嬸又携着大包小包愛心營養餐來了，虹梅嬸嬸說得對，人生真的各有難處，無論是否看得開，困難總不減少。不過即使有再多不如願，能得此姊妹，已是她畢生最大的福分。

「我真希望下輩子仍能與她做姊妹，換我做姊姊，我來關照她。」

# 冷暖

「為什麼你知道我的名字？為什麼你這麼關心我呢？很少人會關心我們！」錦仙姐說。

從病人服務助理嬸嬸拍拍肩膀喚醒我量體溫量血壓之後，我就一直「眼光光」看着頭頂花白的燈，再也睡不着。那時不過清晨六點。

大約一小時後，我便看到錦仙姐在洗廁所了。錦仙姐平日工作時總是板着臉孔一本正經，很少主動說話，最多在病人對她說早晨和謝謝時才回應，回應的都是沒有尾音的單詞：「早晨」、「唔使」。每次遇到她主動開口，湊巧都是碰到讓她看不過眼的事情。一次是看見馬桶塞了，她立即嚴厲地責備從廁格步出的女士，着她不可將抹手紙和衞生用品丟進馬桶，也不可不沖水影響衞生。另一次是指責一位少女把用過的紙巾、食物包裝袋全扔到地上傳播病菌。雖然錦仙姐批評的都沒錯，不過她詞鋒太銳利、語氣太倔強，以致每次開口批評，都惹來惡言。

有一次，燕芳也因錦仙姐而生氣。那天只有八度，雖說醫院大部分時間恆溫，讓人不知冷暖，但浴室可是「風涼水冷」。醫院花灑水壓低，洗澡洗頭相當不便，尤其在寒冷的日子，不夠熱、不夠猛的水讓人倍覺難受。豈料燕芳淋浴的時候不住有人敲門，敲門的原來是錦仙姐。「裏面是不是有一把地拖呢？」「是。」錦仙姐一聽到地拖在淋浴間，竟不住的拍門要求燕芳把地拖拿出來給她。燕芳自然是一口拒絕了，她覺得這要求太無理！沒想到錦仙姐竟不肯罷休似地不斷拍門，更愈拍愈用力，使得燕芳大為氣結，終於忍無可忍，關了水喉，拿了地拖，瑟瑟抖着打開一線門縫把地拖遞出去。「唔該，我好多工夫未做啊！」錦仙姐接過地拖，只拋下了這句話。燕芳洗澡後回到病房，立即跟我說這事，氣得面紅耳熱，護士更為她量出了高血壓，最後她向病房經理投訴了錦仙姐，一口難下的氣才總算消了一半。

相比之下，負責另一更的清潔姐姐——瑞桃姐就受歡迎得多了。說實在，其實瑞桃姐更愛批評，但她對人的批評多半不當面，而且待人接物技巧圓滑，經常滿臉笑容，又健談，似乎不少人都愛與她聊天。

喜歡「八卦」的人，與瑞桃姐一定分外投契，許多嬸嬸、護士們之間的「是非」，都是自瑞桃姐的嘴巴溜出來的。她邊打掃邊說話，許多「資訊」就不知不覺地竄進大家耳中。我倒是不太喜愛瑞桃姐，她太多話了，我本來就不欣賞愛搬弄是非的人。錦仙姐雖不通曉人情，也不擅辭令，做事卻踏實盡責得多。

不似瑞桃姐，我從未見過錦仙姐在工作期間與人閒聊搭訕，也沒聽過她埋怨或喊累，甚至沒見過她在工作期間坐下來。不曉得有沒有人留意到錦仙姐打掃地方其實比瑞桃姐仔細得多，單看拖地一項已盡見她一絲不苟。錦仙姐習慣先掃地，把垃圾、紙碎、頭髮等清掃乾淨，然後再用濕水拖把拖一遍地板，最後用乾拖把再拖一遍才算完成整個拖地程序；瑞桃姐則一把拖把走天涯，乾拖一回乾手淨腳。

洗手間也是日間比夜晚乾淨整齊。白天洗手間使用率高企，錦仙姐清洗廁所的次數亦相當頻密，每隔不久就見她在洗手間清理出滿滿一大袋垃圾，而晚上的洗手間則大多只有一段短時間是乾淨清潔的。不消一會兒，廁紙、抹手紙、成人紙尿片、衛生用品等隨處丟，地板濕漉漉、血跡斑斑等俱屬尋常，惡劣的衛生環境簡直令人作嘔。當然，這更應怪罪使用者缺乏公德心，自私自利，罔顧衛生，損人不利己。

燕芳終於可以出院的時候，她特別為醫護人員們準備了曲奇小禮盒，更在答謝小卡上細心地寫上每位醫護人員的名字，難怪早前她刻意問那些沒有扣上名牌的助理嬸嬸芳名，原來早有預備。醫生、護士、病人服務助理……眾人都獲得小禮盒，瑞桃姐也有，唯獨錦仙姐並沒得到這份表示感謝的小禮物。

那天我留意到，早晚兩更負責打掃的都是錦仙姐。晚飯後在洗手間裏遇到她時，我不禁問了一句：「錦仙姐，怎麼今天從早到晚都是你工作？你沒有休息嗎？」「為什麼你知道我的名字？為什麼你這麼關心我呢？很少人會關心我們！」錦仙姐說。她並沒有給我答案，反而問了我這兩個問題，我彷彿討了個沒趣。「我聽到護士稱呼你錦仙姐。」

隔天我才知道，原來瑞桃姐前一晚請了假，錦仙姐替更。病房清潔好像只分早班和夜班，至於深宵時分，似乎是沒有人打掃的。那天早上七點至晚上十點，在病房裏來回往返打掃擦拭的，全是錦仙姐的身影。不知還有沒有人留意到，只有錦仙姐替更的那個晚上，我們能在夜半喝到溫熱的水，因為只有她會在十點下班前，再花時間為我們換水。平日傍晚六點多換過水後就要等到第二天早上十點才有新鮮的熱水。

我在這裏住了一個月，我知道。

# 相伴

福來伯伯一直捨不得離開，他緊執印有本地某著名學府名字的環保袋在病房門外徘徊多時，任誰勸他，他都不願離去。

福來伯伯頭戴一頂寬沿草帽，身穿兩邊手肘位置有大片橢圓形補釘的毛衣，外層套上佈滿口袋的記者背心，長褲膝蓋位置磨損泛白，露趾涼鞋露出洗得破舊的破了洞的灰白色棉襪子。夜裏稍涼，他會加穿一件深藍色配白色袖子，背上印着和環保袋上那學府同樣的名稱和「正經政經」字樣的棒球外套，我好奇，這些東西會不會都是福來伯伯的孫子捨棄的系會產物？

因年邁而步履遲緩，踏着小碎步的福來伯伯那破舊的環保袋內，盡是潤笑婆婆平日吃的藥物和凝固劑。匆忙入院，護士讚賞他在張惶失措間仍不忘帶備藥物，真的很着緊潤笑婆婆，「伯伯，你做得很好啊！」

福來伯伯尷尬地朗聲笑說：「但是我太心急穿錯了涼鞋，我應該穿球鞋的。」逗得哄堂大笑，緊張的氣氛瞬間紓緩。

偶爾福來伯伯會忍無可忍，犯規冒險走進病房，每次闖入病房必然立即連珠炮發向護士探問潤笑婆婆的情況，更會向每位護士複述最少一次潤笑婆婆平日的生活狀況，生怕大家不曉得妻子的生活習慣和肢體語言，無法妥善照顧她。

「我怕她餓啊！她全日沒吃過東西，一定很餓啊！」福來伯伯說了這句話超過三十次。每位護士都不厭其煩，耐心地向他解釋：必須要讓醫生完成檢查才能決定潤笑婆婆能否進食，也保證只要醫生批准，她們會立刻餵老婆婆吃東西。無奈福來伯伯還是不放心，掏出凝固劑多番說明如何為太太準備食物，緊張之情溢於言表。

福來伯伯再三強調自己並非不信任醫護人員的專業，更道明現在只有靠醫生和護士才能保住潤笑婆婆的命：「我怕她沒命啊！她是不是中風啊？我怕她中風啊！她曾經中風兩次了，不能再中風啊！」福來伯伯的嗓子很粗、很沙啞，嗓門很大，不知就裏的人可能以為他粗魯沒禮貌，其實他不過是耳背。

「我從來沒試過離開她半步！她一定要我待在身邊才可以的，阿笑不曉講話，我怕你們不明白她想做什麼啊！沒有我在身邊，她會害怕啊！」

福來伯伯的憂慮是可以理解的，因為潤笑婆婆已經失去說話能力多年了，也無法行走，要依賴輪椅代步。這些年來，她只能夠以舉手、眨眼和發出「啊！啊！」的叫聲表達自己的意願。

潤笑婆婆躺在牀上遞起手啊啊發聲的時候，我看到福來伯伯趕緊握着她那瘦弱枯槁如柴枝的手，輕輕為她按摩手掌。潤笑婆婆笑了，低沉的笑聲中夾雜着啊啊的叫喚聲，像是和福來伯伯說話。福來伯伯也呵呵地笑。整整兩小時，二人就那樣握着手、按摩，聽福來伯伯說話。福來伯伯很幽默，不時說笑話逗潤笑婆婆，我們在一旁側耳傾聽，好不溫馨。有時福來伯伯又會用飲管餵潤笑婆婆小口小口地喝水，喝水後那啊啊叫聲，煞是滿足。他又會準備暖水毛巾，為潤笑婆婆抹面擦手，想來平日兩口子在家，福來伯伯也是如此細心照料太太的起居生活吧？我們都看得出，唯有福來伯伯坐在牀邊的時候，潤笑婆婆才會笑，其他時候她發出的聲音都像沉鬱的悲鳴，響遍整個病房。

據說這次老婆婆入院，是因為她在睡夢中突然氣促慘叫，嚇得福來伯伯極度慌張，立即撥打九九九召救護車。護士曾問他：「你們家裏有沒有平安鐘？為何不安裝平安鐘呢？」除了「沒有」，福來伯伯沒有回答其他什麼。

潤笑婆婆終於能出院了，護士為他們預約非緊急救護服務用的醫療專車送他們回家，福來伯伯卻連連推卻，擔心會浪費資源。「會不會妨礙醫護人員們工作呢？會不會影響有危急情況的人入院呢？」許多許多的「會不會……呢？」，全都是考慮會不會耽誤、影響了別人。「我怕麻煩了你們啊！我已經給你們很多麻煩了！」溫婉善良的護士再三保證不會有人受影響、不會為大家增添不必要的工作量、不會濫用公共資源，福來伯伯才謝天謝地的感謝大家體貼的安排，更高興得在病房裏團團轉，親自向每位醫護人員鞠躬道謝，感謝他們對潤笑婆婆的照顧，甚至稱他們菩薩、如來佛祖，個個慈濟為懷，有不可多得的慈悲心腸。

護士們準備替潤笑婆婆過牀以便上車回家的時候，我看到她又舉高了手，發出啊啊的叫喊。福來伯伯朗聲道：「Byebye！多謝！阿笑都和你們講Byebye，講多謝，祝大家身體健康啊！」

# 踏實

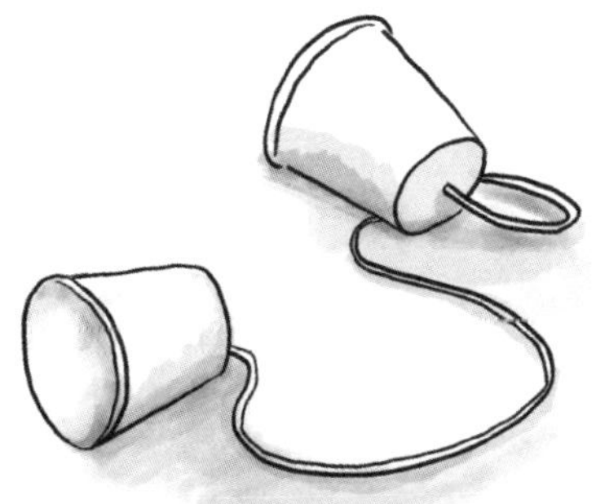

恩鳴曾經是她最要好的朋友。

她們讀同一間中學，上同一間教會，目標入讀同一所大學同一學系，甚至喜歡了同一個男生——睿然。睿然是高她們兩個年級的師兄，是綠社社長，恩鳴是綠社文書幹事，二人都是團契小組其中一員。她之所以到這間教會崇拜、參與團契，就是恩鳴領她來的。而恩鳴來這間教會聚會，是這位師兄邀請她來的。

一次聚會完結之後，睿然主動約她：「我可以送你回家嗎？」向來同路的恩鳴竟突然說有約，更先行離開了。她有點不知所措，畢竟這是第一次有男生主動約她，心裏如小鹿亂撞，而當時她並不知道原來恩鳴暗戀睿然。

從教會回家的短短路程上，睿然說了很多他觀察到、打聽到的關於她的事，她驚覺原來一直以來有人這麼注意自己，這大概是從未有過的事。「暑假後我就入讀護理系了。」「我和恩鳴也打算報讀護理！」回家之後，她趕緊給恩鳴撥電話，訴說自己的興奮莫名，「原來睿然將修讀護理，他還說若我們有什麼疑惑可隨便問他！」之後又喋喋不休地說了許多二人談及的話題，向來敏感而情感細膩的她，這次竟沒有留意到恩鳴言談間流露的酸溜溜。

很快她和睿然拍拖的消息不脛而走，然而這其實是謠傳，他們二人根本未發展成情侶。每次有人問她跟睿然是否一對，她都微笑着搖頭，更會否認喜歡睿然，不過漸漸她發現對於這謠言，自己倒是有點點享受其中。睿然繼續偶爾來電，有時提點她溫習，指導她完成課業上的難題，督促她認定目標不要怠慢，當然有時也會漫不經心地說些無關重要的話。放在書架前的手寫小巴牌上，鮮紅色的「護理」二字鮮明堅定的吸引着她，還有幾個藍色英文字 NURSING「筆走龍蛇」，「讀 NURSING 識睇書法好重要㗎！」她被睿然逗樂了。

從前除了一同上教會，他們也會結伴到長者院舍做義工，恩鳴間或同行，每次睿然都會大談學習和實習經驗、抱負，眼見他胸懷大志的承擔，教她對護理系更為嚮往。

這段時間的相處也讓她以為自己隨時準備開始戀愛了，每次接電話竟都感覺甜絲絲，自覺漸漸愛上了睿然，也覺得睿然對自己真的有意思。有時恩鳴會提起睿然，睿然也會問及恩鳴，她不以為然，以為二人都不過是為了找話題，關心她和她的朋友是自然不過的事。唯一教她好奇的是，為什麼睿然從不表白呢？

「可能他覺得時機未成熟呢。」恩鳴說。

聖誕崇拜那天，他們和另外幾個小組要負責獻詩，指揮根據大家的身高安排列隊，恩鳴剛好和睿然被編在一起，崇拜期間二人並肩而坐，坐在他們後面的她看着二人的背影，又看到恩鳴背包上寫着「護理NURSING」的小巴牌鎖匙扣，忽然有一種難以言喻的失落感覺。

「還有比和喜歡的人以及最好的朋友一起實現夢想更高興的事嗎？」恩鳴總是以此勉勵自己，熬過無數通宵達旦溫習的夜晚。

當她在路上碰到牽着手的睿然與恩鳴的一刻，她知道三人的友誼已經變質了。她估計二人是看見她的，本來想大方上前打招呼，誰知二人卻躲開了她，躲開了她的目光。幾天之後，恩鳴來電相約外出，她以為恩鳴打算和她說明自己和睿然的關係，誰知幾乎整個下午都只和平日一樣閒話家常。不過期間她撥了一通電話，甜絲絲地問電話那頭的人今晚要看哪一齣電影，到哪一間餐廳吃飯。「我正在吃午飯，你會來接我嗎？」電話掛斷之後，恩鳴笑着問她：「你知道我和誰通電話嗎？這個人你也認識的。」她的心揪住揪住痛，尷尬地笑着回應。恩鳴提高了聲線，彷彿非常驚喜：「你猜對了！正是睿然！他說今晚和我去看新上映的電影，你要和我們一起看嗎？」聽着恩鳴訴說二人的甜蜜故事，她笑着祝福，心裏卻有說不出的苦。

她驟然覺得愛情和友情同樣脆弱，戀愛幻滅，友情碎裂，都是同一瞬間的事。

那次之後，恩鳴和睿然愈來愈少聯絡她了。她本來還擔心不知要怎樣面對他們，這樣的發展倒是省卻了煩惱。如今她更投入學習和義工生活了，在上學和溫習以外，大部分的課餘時間她都往長者院舍跑，也接觸了令她感受特別深刻的義務陪診工作，這才猛然發現因為年邁而無能力照顧自己的長者實在太多了。對這羣勢孤力弱的老人而言，比起在大時大節到中心和院舍唱唱歌、派禮物，他們需要的是更實在的，關乎起居生活的支援，貼近精神和心靈的關懷。

起初她以為陪診很簡單，只要夠心思細密就可以，誰料比起檢查是否帶齊覆診文件證件等基本工作以外，如何攙扶、推輪椅等也大有學問，而更大挑戰的，是溝通。不但要和長者的家人預先溝通，記下他們的查詢，最重要是了解病人是否清楚自己的病情，能否向醫生描述、說明自己的狀況。

在漫長的輪候診症時光裏，讓她有許多時間聆聽，聆聽長者們的心聲，想像他們的經歷。其實這一輩需要援助的不全是被疏忽照顧的老人，不少情況都是年青一代為了謀生而難於照料家中老幼，老人便被迫成了家裏、公園裏緩慢移動的「文物」，這些老人大部分都明白年青一代也有他們的無奈。每一次陪診都豐富了她照顧病患的經驗，也加強了她投身醫護行業的心志。她最記得一位老婆婆說過：「你睇我好慘，其實我都好彩喇，有好多阿婆阿伯想搵個人幫下手都冇，分分鐘喺屋企『香』咗都冇人知啊！」

放榜那天，遙望淚眼汪汪的恩鳴和搭着她肩膀的睿然，她不敢上前多問。輾轉間她發現原來最後全班就只有她入讀護理系。

曾經她以為和最好的朋友、喜歡的人一起為目標努力，實現理想是最好的盼望，最大的滿足。如今她早已曉得，陪伴病人面對疾病的煎熬、冀望療程能抒緩病人的痛苦、親眼看着病人康復出院，才是最踏實的盼望，最實在的滿足。

# 放下放不下

她這才發現，好像從沒如此認真看母親的臉。

她從小就覺得母親不配稱為母親，她的母親和她所見過的人的母親非常不一樣。對於兒女，沒盡過半點教育的責任。沒錯，的確是母親有份養大他們的，不過，所謂養，也不過是只憑一點在茶樓任洗碗工賺得的微薄的薪金，而這點點金錢更是飄忽不定——如果繳交家用前的日子母親手風順，外婆得到的鈔票就會大疊一點，可惜的是，外婆要挖衣櫃深處那殘舊破損的口金包和到銀行「排長龍」提取每月發放的生果金的時候更多。

帶大她和哥哥的是外婆，不過外婆只負責打點他們兄妹倆的起居飲食，其他一切俱不聞不問。她曾經對外婆心生怨恨，像恨母親一樣，不過恨不了多久已無感，因為她很早就懂事，明白外婆其實沒有責任照顧他們兩兄妹的，她根本沒有恨外婆的資格。

自小學起，她的回條已由大她兩歲的哥哥代簽，是母親和外婆授權三年級的哥哥為一年級的妹妹簽閱通告的。旁人聽了或覺匪夷所思，但他們介意的只是母親規定了所有課外活動都必須簽署不同意。其實哥哥不是不敢違抗母親的命令，克制住他的欲望的，是他深深明白即使他簽了同意，也拿不出活動費用的尷尬。他試過一次自把自為簽署同意參加班會活動，因為他們班是全年班際比賽的優勝者，可以以優惠價到主題樂園遊玩一天，他的欲望驅使他冒了這個險。之後個多星期，每次老師追收活動費用時他都編造「理由」以圖蒙混過關，每晚睡前都誠心許願，希望能順利到樂園痛痛快快玩一趟之後，再由老師致電母親追收費用，即使很大機會要捱打，他都願意。

然而，天意豈會盡從人願呢？結果這個二年級男生卑微的願望，只實現了一部分——他切切實實地得到了一場激烈的痛打。這場深刻的責打發生在班會活動日的前一晚。手腳上紅腫的藤條印、面頰上發燙的巴掌印時刻提醒着他，始終差一點點，不過是一晚而已，他是注定要過苦日子的。他不怪老師，因為他根本從不願意透露自己的事，以後，他也更不希望老師知道所有與他家庭、母親有關的事。校服遮掩得住藤條印，卻遮不住他因羞恥而紅得滾燙的耳根。

自此以後，學校舉辦的九成活動，包括旅行日、班會活動日和聖誕聯歡會等，他們兩兄妹都要留校自修，收費興趣班更是完全沾不上邊了。唯一他們可參與的大型活動是陸運會，因為參加陸運會是免費的，更重要是不用聚餐，可以免卻如參與聯歡會就需繳交聚餐費用的煩惱。

為了擺脫母親，離開原生家庭，兩兄妹都非常刻苦努力讀書，他們相信知識可改變命運，也只有這唯一的出路可以成為他們獨一無二的終極盼望。結果，哥哥和她也相繼得償所願，入讀大學後立即申請宿舍，至於大學學費要申請貸款自不待言。哥哥能力比她強，每個學期都考獲獎學金，她只能靠貸款和兼職幫補日常開支，日子過得和從前一樣儉樸。不過她大部分時候都很快樂，只要能夠離開那個充滿陰鬱的，長期處於低氣壓的家，她就覺得身心都輕飄飄，輕鬆快樂。

她的兼職是當上門補習老師，專門教授初中學生英文，每小時可賺取三百塊錢，如果是特別為應考 IELTS 而設的課堂，每節課已可賺得五百元。高峰期她同一時期有十一名補習學生，收入相當可觀。她堅持只做一對一的補習，絕不開設小組補習班，因為補習和校內課堂的學習模式截然不同，小組學習成效不彰。由中五起在補習社兼職，替小學生對功課，數年經驗告訴她，要讓家長心甘情願慷慨付費，成績就是一切。到了現在，遇到出手闊綽的家長她仍然會在心底暗自感歎，感歎自己自幼只能專心上課、用功溫習和積極自學，連在家說句英語都不可。那年她升讀英中，外籍老師說學習英語最有效的方法是在日常生活裏製造英語環境，多說多聽自能進步。她不過是某日午後在家接電話時說了句「Hello」，便被母親罵個狗血淋頭，此後連在圖書館借了英文書，都不敢在家光明正大地讀。「你媽平生最恨洋人。」外婆說過，但沒有人知道原因。

那天突然接到母親來電，得知她身在醫院，更已經完成了子宮切除手術，猛然來襲的驚愕感使她失語。在病房裏見面的剎那，陌生、生疏的尷尬籠罩住二人，半晌，一句「你幾好嗎？」割開了凝結已久的靜默、僵硬的空氣，相對無言使時間流淌得更慢，一點一滴地數算，如靜脈注射點滴式延續生命，好使一切得以勉力苟延殘喘。竟然由剛動過手術的人問這樣的一句話，簡直荒謬，荒誕無稽的程度匹比她的童年。母親今年幾歲呢？連她都白髮蒼蒼體虛氣弱，外婆還會年輕嗎？

原來外婆在她搬到宿舍之後不到三個月就仙逝了。「人老就會死，沒有什麼好說的。死了更好，早日解脫。」母親此話語帶相關意在言外，一聽就聽出其弦外之音。興許是醫院的環境、氣氛，或是周圍的病人與家屬的互動影響，她原以為自己對外婆沒什麼深刻情感，沒料到此刻心情還是有點沉重，有意料之外的隱隱作痛。哥哥知道外婆離世的消息嗎？她曾經以為兄妹二人自小相依為命，感情會很好，可惜不是，哥哥自升讀大學遷出後，不但從未回家，也甚少和她聯絡了。

看着一如既往陌生的母親吃力地自背囊裏拖出斷了三分一梳齒的塑膠小梳，艱難地遞起手為自己梳頭的瞬間，她突然有一種強烈的應否嘗試放下過去，嘗試重新與母親相處的感覺。她不敢說可以既往不咎，因為她實在未有那般豁達大方，而且成長的酸澀淒楚早已成了拓印在她腦袋上揮之不去的紋理。

「不用幫我的，我不過是想看看你現在長成什麼樣子，日子過得怎樣。有和哥聯絡嗎？他沒接我的電話。」

母親下牀的動作非常笨拙，她想起了做陪診義工時遇到的老年病人，禁不住伸手攙扶。母親很不靈活地揚揚手，不知是否想甩開她，「我自己可以。謝謝。」她忽然覺得要費力氣逼迫自己原諒這個人很多餘，只是，要繼續花精神恨這個人更多餘。

她再次伸出手，扶着母親的手肘往洗手間，一拐一拐地緩緩往前走，像攙扶陪診病人一樣，一步一步慢慢走。

# 選擇

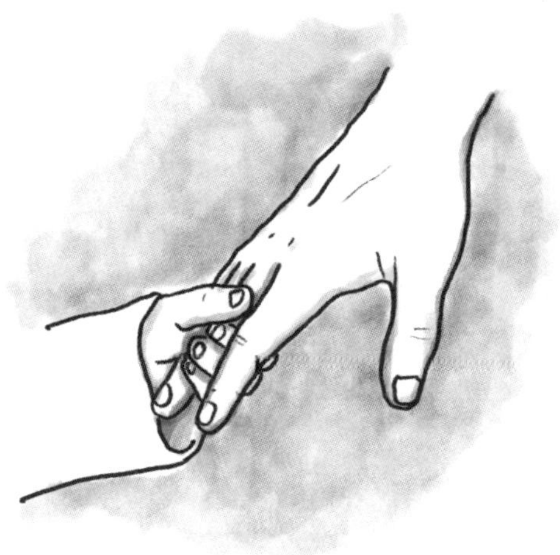

思雁說：「別人說跌斷骨是九級痛，生孩子是十級痛，我試過九級痛已經痛不欲生了！佩服你們，你們都有真正的勇敢！」

要當媽媽是一點都不輕鬆的。寶寶在肚子裏的時候，樣子、體形、最重要的最令人關注的：健康情況……一切都是未知數。只要發現肚腹稍有不尋常的動靜，準媽媽很可能即覺受驚，動輒嚇得坐立不安，因為藏在裏面的是珍貴的生命。東西吃多了就怕營養過盛帶來反效果，吃得不夠又怕胎兒營養不足生長情況不理想，也怕自己不夠力氣分娩。如果孕期遇到問題，懷孕情況不理想，要擔心、憂慮的事情就更多了。

在產前病房當病人服務助理的思雁看過太多孕婦在臨盆之前痛苦的情況了——而這些苦，極大部分時候是要循序漸進地升級的，因為從產前病房到產房，中間還有一站——候產室，一個像充滿哀嚎慘叫的孕婦的噩夢電影院，像嬰孩小兒聚集準備注射疫苗的、充滿呼天搶地的悲慘哀號的嬰孩的噩夢直播室。兩個都是用環迴立體聲逼得人毛骨悚然、心裏發毛、手抖腳軟的地方。

思雁發誓今生今世絕不生育，因為長年累月看到的痛苦並沒有使她麻木，反而教她更加害怕，驚恐的感覺持續加深。

其實更重要更關鍵的原因是她未婚。思雁已經錯過了適婚年齡了，她確定自己已錯過佳期，是因為父母已不再催促她嫁人。好不容易，盼了很多年才擺脫得了這催逼，到沒有人會再追問她的時候，她竟覺得有點失落，也許因為感到大家都覺得她再也不會有結婚的機會了。雖然她也想找到能夠廝守終生的伴侶，哪有人不想被愛呢？可惜一直沒有遇到愛她的人，只有她愛上了別人。單戀或錯愛都是無法開花結果的。

思雁讀書不算多，從三十歲開始一邊在醫院工作，一邊進修，算是對自己從前浪費努力求學機會的補償。她還記得初次看到待產婦人從泰然自若的神情漸進至陣痛階段的駭人情況，雖然也有孕婦生產輕鬆自如，但還是受到劇烈痛楚煎熬的多，分別只在疼痛時間的長短和程度的深淺而已。有時她看到有些媽媽咬緊牙關躺在牀上默默飲泣流淚，覺得她們的痛很可能比慘烈叫喊得震耳欲聾的孕婦有過之而無不及，只是每人承受痛楚的能力都不一樣而已。她自己就是極怕痛的，點點痛楚都不願承受。「我很怕痛，小時候試過一次跌斷了腳骨，已經使我哭得死去活來。來這兒工作之後我更發誓今生一定不當媽媽！」思雁常常對病房裏的待產太太說，其實她是真心佩服她們，想誇獎她們勇敢，為她們打氣。有時聽到一些太太摸着肚皮開玩笑說：「生孩子已經這麼辛苦了，要是孩子壞，肯定氣得想打他呢！」思雁總是哈哈笑着回應：「所以我媽媽常常想打死我！」而她心裏曉得，有多少母親捨得打自己的心肝寶貝呢？不然就不會常常聽到別人說慈母多敗兒啊！

有些護士和病人服務助理是比較冷漠的，有少數更是麻木得叫人看不過眼。思雁覺得。可惜自己改變不了什麼，只能盡本分做好一點，不為孤單的媽媽們加重負擔。而她能做的是什麼呢？不外乎在這些媽媽被儀器捆綁着肚子監察嬰兒心跳和靜心數算胎動時主動問她們有沒有需要蓋被、在那些太太突然穿了羊水時不責備她們、在太太們痛不欲生地慘叫時好言安慰幾句表示支持。

見過有些太太的家人非常橫蠻，對醫護人員惡言相向，相當無禮；也見過病人服務助理麻木而不近人情，例如在孕婦穿羊水後要求她自行擦乾淨地板或態度極不友善地嫌棄：「你弄得睡牀和地板都濕透了，又要麻煩我拖地板！」這種種行為，思雁都覺得莫名其妙。家人因為緊張而向醫護人員發脾氣又有何用呢？孕婦穿羊水也是不能自控的，怪責她也於理不合。更莫名其妙的是，通常這些不講道理的家屬和醫護人員是不會碰上的，總是其中一方橫蠻無理，而另一方息事寧人或啞忍。多年以來，她仍是看不慣，不過也不會再強出頭了。如果是以前，有什麼她看不過眼的，絕對不會忍氣吞聲。

年輕時的思雁是個非常叛逆的女孩，常常在街上流連，把父母親氣個半死。自從在醫院工作之後，她再沒對母親說過這句話：「我都沒說過要出世，是你自把自為生我出來的！」因為這句話太傷人了，她也深信，每個媽媽生孩子都是一場壯烈的冒險，或許有些媽媽遇到的問題比較複雜、處境比較困頓、險阻比較多，但每一個母親都各自有獨特的經歷和磨練。只要困乏過後，孩子能夠平安健康來到世上，媽媽平安順利生產，然後照顧孩子健康愉快成長，大小平安，任何一個愛孩子的媽媽都會覺得，再多的辛酸苦楚，再漫長的煎熬與精神折磨，都算不上什麼。

「雖然是父母選擇生孩子的，但不是母親選她來當自己的女兒的，如果可以選擇，懷孕和生產過程已經這麼痛苦了，誰不想生一個健康乖巧、孝順父母的孩子？」思雁想。年輕時她已做過太多傷父母心的事了，趁還有機會，未來的日子還是應該修心養性，乖乖留在兩老身邊，好好照顧、事奉雙親。

空間

素虹婆婆因氣喘而被鄰居召救護車送入院，入院的時候她極度驚慌，更一度拒絕送院診治。

相信這次並不是素虹婆婆第一次入院了。但到了進入病房的一刻，她仍誤以為只是來看醫生。她不停追問護士這兒是什麼地方，問護士送她來這兒做什麼。

玉希說：「婆婆，這裏是醫院，你因為不舒服而被送來醫院了，我們現在為你辦入院手續，稍後醫生會為你做詳細檢查。」

玉希認得，這位老婆婆和她住在同一層樓，不過在另一邊走廊的單位。

素虹婆婆一聽，異常緊張，又再氣喘得不得了。一邊喘氣一邊說：「我不要入院啊！我沒有不舒服啊！」更強行扯走支援呼吸的氧氣罩，幾位護士都無法安撫她。素虹婆婆不住叫「救命呀！救命呀！」後來還因驚恐過度而失禁了。發現自己失禁的時候，素虹婆婆嚎啕大哭，哭聲淒涼，這一哭，素虹婆婆像洩了氣一樣，強硬的態度才終於軟化。

原來，素虹婆婆曾致電遠住南區的女兒說感到身體不適，豈料趕路期間已接到素虹婆婆的鄰居周太來電，說婆婆在走廊氣喘倒地，已召救護車將她送院。趕到醫院的時候，婆婆已換了病人服，坐在病牀上一邊嚶嚶啜泣，一邊回答護士的問題。

「兒子說我沒有事啊！孫兒也說我沒有事啊！我想回家啊！」玉希心中不屑，只覺素虹婆婆的家人疏忽照顧她，忽略她的身體狀況。這種情況，實在司空見慣。

休息一會後，素虹婆婆已不再氣喘吁吁，更堅持自己並無不適，不必住院。「婆婆，有沒有事不是你說的，也不是你兒子孫兒說了算，是等醫生檢查過後說你沒有事才算沒有事的。」

玉希估計素虹婆婆不認得她，因為她們不常相遇，而且現在玉希戴了口罩，素虹婆婆又沒有戴眼鏡。平日偶遇素虹婆婆，她都獨來獨往，彎着腰提着塑膠菜籃，小碎步慢慢走，有時路過公園，見她和其他老人坐在一起玩紙牌。要不是這次在醫院相遇，玉希還以為素虹婆婆是獨居老人。

素虹婆婆住院的時候，她的兒子、媳婦、女兒都有來看她，每次素虹婆婆都嚷着要回家。她的兒子似乎不太有耐性，總是粗聲粗氣，對素虹婆婆、妻子和妹妹都呼呼喝喝。不過素虹婆婆好像還是挺高興似的，說了好幾次：「好齊人呀，好齊人呀，好少咁齊人呀！返屋企喇！今晚我煮飯大家一齊食！」

玉希忽然很掛念爸爸媽媽。她搬走已三年多了，哥哥和姊姊因為結婚相繼遷出，到大學畢業之後，因為太渴望有自己的空間，她決定自己租房子。雖然只是一個小小的單位，不過玉希也心滿意足了。想起當時找房子，為了不讓爸媽輕易隨時到她家，她特意找一些與原來住的地方距離較遠的租盤。當時只想着要追求自己的私人空間，覺得這樣做並無不妥，她可不想像婚後搬到隔鄰屋苑的哥哥那樣，母親隨時拿着一堆飯菜熱湯送到他家，又為他收拾打掃。她知道嫂嫂對此非常不滿，直覺母親侵犯了他們的私隱，無奈母親屢勸不聽，使得哥哥左右為難。玉希看在眼裏，既理解嫂嫂的憤怒，也體諒哥哥的難處，雖明白母親全出於一片熱心，但也覺她做得不恰當，卻又不便開口。玉希只將此事記在心裏，避免日後重蹈覆轍。

如今想來，卻覺得自己當刻的決定似乎太不孝了。尤其是當忙於工作、與友人聚會、放空……有時兩、三個月都未必回家看爸媽一趟。每次母親來電問她何時有空回去吃飯，她都甚少爽快應約，只道非常忙碌，要安排一下，結果很多時候都不了了之。一年之中除了幾個大節日三兄妹會相約一起回家吃飯，其他時候基本上各自為政，最多只會打電話回家和父母寒暄幾句，大家都甚少回去陪伴雙親。

為了享受私人空間，好像犧牲了和爸媽相處的時間，玉希想。要在兩者之間取得平衡，真的沒辦法嗎？也不盡然，只是自己懶，給自己找來太多藉口。為年老的病人辦理入院手續的時候，有時遇到一些兒女對母親的身體狀況、年紀、有否長期病患懵然不知，心裏都不禁嗤之以鼻，卻從沒想過自己的爸媽今年幾歲、身體狀況如何，其實她都一樣不曉得，根本沒有資格鄙視人。這是人改不了的通病，習慣把目光落在人們的不足之上，聚焦於人們的毛病中。

現在這個小單位已經住了三年多了，或者可以找個較近爸媽的地方租住，既保留個人空間，也方便多回家看望父母？

餘生

祈旭從未如此痛苦過。

從前人人稱讚他做事爽快利落，從不假手於人，富有責任感。偏偏，如此事事親力親為的一個人，如今連洗澡都要假借他人之手，這教他何其難堪。

如果我是他，或許也會祈求上天對我仁慈一點，讓我突然逝去就好了，那麼無論對我或是家人來說，都是一種解脫。每念及此，總心感不忍，憂傷溢滿胸口。為了學習更好的照顧他，我報讀過好些與照護病患有關的講座、課程，又上網搜尋了許多相關資訊，如今雖不敢妄稱駕輕就熟，但已經不像最初那般手足無措，兇猛的哀慟憂傷也日漸淡化成習以為常的隱隱之痛。

唯獨每次參加病友聚會，每次聽「過來人」分享，都仍有無限感觸。

如果不是為了讓祈旭可以得到同路人的支援，解開心結，我寧願不出席這種聚會。

「我自覺連累太多人了，連累父母、連累妻兒，我擔心家人早晚會厭倦了無了期的照顧，實在不想淪落成被嫌棄的無用的包袱。」

「我討厭自己變成了有手有腳的廢物。起初，無論妻子、父親還是母親為我抹身，我都覺得難堪不已，這是一天之中覺得最無地自容的時刻。」

聽着其他人直白心聲，腦海裏閃過的盡是照料祈旭的畫面：剛開始為祈旭抹身洗澡的時候，他曾用盡渾身的勁對抗；為他換尿片的時候，他曾發出慘痛可怖的哀號，如受傷的野獸嗚嗚悲鳴。我和日漸年邁的婆婆又哪裏能夠抵得過他的蠻力呢？二人相繼扭傷、撞傷。還記得很多很多次為婆婆塗活絡油、按摩、貼膏藥的時候，婆婆飲泣着頻頻說對不起，我的淚水只敢在眼眶內凝滯。回想每一幕，簡直心如刀割。

「為何上天這麼殘忍，強要留住我的命，要我留在世上『獻世』、『篤眼篤鼻』，毫無尊嚴地過活？」

「我痛苦至極，覺得生無可戀，但連發脾氣都不敢，就連微小至想怒吼一聲都不敢，因為相比大家承受的艱難困頓，我是最沒有資格發脾氣的一個。」

一次工業意外，癱瘓了祈旭的餘生。他一生正直，從不做壞事，不知道到底做錯了什麼，要遭到這種無情無義的懲罰。向來開朗樂天，正面積極的他性情大變。明年才三十五歲的他，出事的時候，兒子還在我的肚子裏，只差三星期就出生。他連抱一抱兒子的機會都沒有，我竟日質問上天，為什麼要待他狠毒如斯，為什麼要對我們一家如此殘酷無情。

無法忘記驚聞噩耗的瞬間，震驚、惶恐、不知所措等情緒糾纏不清，我將要失去祈旭了嗎？我的下半生，也會隨這次意外毀於一旦嗎？尚未出生的兒子會變成孤兒嗎？

「我不忍心太太要與一個廢人共度餘生，不僅要像『守生寡』一樣。妻子愈是對我不離不棄，我愈是內疚，愈是痛不欲生。摧毀了妻子的下半生，岳父岳母會如何看我呢？」

我是獨生女，爸爸媽媽一向視我如掌上明珠，怎會捨得看到女兒這樣過日子？雖然他們都沒有說什麼，但我心裏明白。要是我有女兒，也不會願意讓她嫁給一個注定會使她一輩子吃苦的人。感激爸爸媽媽體諒，不但沒有向我施壓，更經常幫忙看顧孫子，為我打點起居飲食，讓我可專心照料祈旭。但我知道，父母年紀漸長，我不但無法盡女兒的責任照顧他們了，更使他們背負龐然的晦暗包袱，加添沉重如鉛的負擔，實在不能再常常依賴他們了。對於父母，我心有愧疚。

「要不是上天暴虐不仁，硬生生奪走我們的幸福，夫婦二人如今就不會各自落入無盡的痛苦深淵。」

從前祈旭是個運動健將，我倆就是在籃球場上結緣的。當年他還取笑我，以為我不過是個只曉得在場邊歡呼、看着場上的熱血球星「心心眼」的人，沒想到在球場上我也是個勇猛的女將，更為我個子小小卻有驚人的彈跳力而刮目相看。籃球場是我們訂情的地方，當時祈旭還說過，將來不論生兒子還是女兒，都要一起教孩子打籃球。

「我們要生四個孩子，最好兩男兩女，可以組成兩支三人籃球隊，男女對賽，一較高下！」

「嘩！你當我『生仔機器』嗎？」

兒子黝黑的膚色、閃亮的眼睛像極了年輕時的祈旭，希望他長大了也會像父親那樣是個討人喜歡的陽光男孩。兒子常常哭喊，啼哭聲幼嫩卻清澈響亮，划動手腳掙扎的時候力氣十足，好幾次令我扭傷了肩膀，那種痛穿透我心。到兒子長大一點之後，會怎樣看待父親呢？兒子上學讀書之後，看到同學們都有父親相伴，自己明明也有爸爸，卻要孤伶伶的，別說兩父子要有親子活動，連和爸爸對話聊天的機會都沒有，他會怎樣想呢？我深信祈旭也渴望能安撫這初生的躍動的小生命，他必和我一樣，經常憶起從前許下的願望，即使如今三人籃球男女對賽成了天方夜譚，我也曾為有過這些美好的想望而感恩。至少因為有這一切，我才能夠下定決心考取駕駛執照，為了方便接載一家人外出遊玩而買的七人車才不致成了廢鐵。祈旭對我和兒子許下的承諾，今後將會由我實踐。

「長痛不如短痛。上天到底還要折磨我們一家多久？我差不多每天都這樣苦苦思考、糾結、詰問蒼天，但我真的無法猜度上天的心意，只能相信天無絕人之路。」

迎娶我的時候，祈旭答應過每天負責煮晚餐和洗碗，因為我不諳廚藝，也討厭洗碗。直至他癱瘓以前，婚後三年多的時光，除非二人外出用膳，否則都是祈旭親自下廚。我自小饞嘴，他一直為能烹調出美味佳餚，滿足我的口腹而沾沾自喜，無人不羨慕我們這甜蜜溫馨的小兩口。

如今換成我每天熬營養粥，小口小口地餵他，他想到的會是什麼？會想起每次親朋好友到訪，對他的廚藝都讚不絕口嗎？他也會為我熬粥熬湯的手藝自豪，一如我為他的廚藝自傲嗎？

「我曾渴想結束自己的生命，還家人自由，還自己尊嚴，但悲哀的是我連這點能力都沒有。只是，假使真的離開人世，又會是最合適的選擇，最理想的安排嗎？我反覆思忖，終究捨不得。」

時候到

玉蓮姐哭了。平時開朗活潑，整日嘻嘻哈哈的她笑着笑着，眼角滲出了淚水。

晚餐時間如果有玉蓮姐在，氣氛頓時輕鬆得多，她有「私伙」醬汁，會趁護士不注意時在飯餐裏自行「加色」，還問大家要不要加點調味，「投訴」醫院餐味道太寡淡了，尤其白灼的蔬菜總有一股腥羶的奇異怪味，吃起來真不是滋味。醫院為她安排的好像是糖尿餐呢！玉蓮姐實在太淘氣了。原來為了控制血糖，平日餐前玉蓮姐還要自行注射藥物：「我的肚腩『花喱碌』，肥腯腯，天天打針，又做過很多手術，戰績彪炳啊！」

二十五年前玉蓮姐第一次入手術室，切除了一條輸卵管。當時她說：「唔緊要啦！好彩我都生咗三條化骨龍，切咗佢一了百了！」沒想到這次手術，為她往後的手術路揭開了序幕。「每五年做一次手術，個天真係犀利，你都冇佢計得咁準呀！」

五年前玉蓮姐曾因罹患乳癌而動手術，手術後需要長期服藥，當時已知悉吃那種荷爾蒙藥物有機會帶來負面影響，導致子宮出現問題。曾經嘗試服用另一種藥，豈料玉蓮姐的血壓立即瘋狂飆升、渾身疼痛，許多即時生理反應都明示她別無選擇。「唏！如果真係咁好彩，就到時先算，都冇辦法，唔到我話事。」

結果，五年後玉蓮姐真的應驗了她口中的「好彩」，又要入院動手術了，這次要切除的是子宮和另一邊輸卵管。「唯有去買六合彩囉！」手術後第二天，玉蓮姐笑嘻嘻地說了這句話。「都賺了五年啊！只是沒想過自己這麼好彩，不過我都不怕了，人家一早說過有機會發生這種情況。時候到，沒辦法。」

手術後玉蓮姐幾乎睡了一整天，未見她嘔吐，也沒有暈眩，大家都讚歎她體質好，厲害，「無得頂」啊！隔天，醫生終於讓她喝粥水了，她精神也恢復了一點。看見別人吃「硬餐」，玉蓮姐口水直流。「我平日一天吃五頓呢！昨天醫生不許我飲食，我只好睡覺。」

「慢慢來！動作不要快，你不要見肚皮傷口小小的以為是小事，你動的是大手術！切記還要經常留意傷口有沒有紅腫，這片是敷料，你回家……」護士在布簾後為玉蓮姐清洗傷口，其他病人聽着二人對話，像聽廣播劇一樣。如果這真是廣播劇，玉蓮姐該是為人帶來歡樂的諧星。「我肚腩肥，看不出有沒有腫啊！」在護士細心的聲聲叮嚀下，玉蓮姐突然衝口而出說了這一句，想像到她的神情，大家都不禁笑了。

一個七十多歲、動過多次大手術的長者，不但仍有心情自嘲，更熱心與人分享經驗，樂觀的精神委實令人佩服，也叫人自愧不如。只見她不時發出善意叮嚀，提醒別人要垂下尿袋，不要放在高於自己的位置以免倒流，不要提重物，要時刻放鬆心情保持心境開朗……難怪大家都喜歡她。眾人也會反過來叮囑她，尤其在她為飯餐「整色整水」的時候，一句句「阿姐阿姐夠喇停喇，加咗好多喇！」或勸她慢慢學習吃清淡一點，往來交流間盡是關愛。「到我們這種年紀，如果有兄弟姊妹也好，沒那麼孤單，兒女始終有自己的家庭，又要照顧孩子，很多負擔。不過一切隨緣吧，隨緣最好。」

今天早晨，玉蓮姐發現自己右手整隻手掌都腫了，她不停擺手說：「你看，昨天我以為只是痛而已，原來我的手腫得像梳蕉，真肉酸！哈哈哈哈！」笑着笑着，眼角滲出了淚水。

在她對面牀的福弟嬸嬸說：「不是，像ＢＢ仔的手，肥嘟嘟，很得意。」福弟嬸嬸這次入院要動的手術，玉蓮姐有經驗，雖是新相識，給她的安撫卻比任何人都踏實。看到玉蓮姐流下淚水，福弟嬸嬸也跟着她哭了。二人的淚都流得很節制，一人一張紙巾，不時輕輕揩眼角，聲音有點顫抖，笑鬧中不忘彼此安慰。

玉蓮姐出院的時候不改本色，哈哈笑着朗聲跟眾人道別，更留給大家十二字真言：「身體健康，孝順自己，孝順荷包！」

記得

原來月英婆婆並不是真的已經一百歲。這是我後來才知道的。

「陳月英，一百歲……」白髮蒼蒼的月英婆婆入院的時候是清晨時分，許多人都仍在睡夢中，除了一些儀器長期發出的咇咇聲響，和部分病人偶爾發出的痛苦呻吟，沒有太多其他雜音。我沒有睡，因為我正悄然等待着那個每天都教我期待的時刻。我清晰地聽到護士為她辦理登記手續時問及的個人資料，包括身分證號碼、電話號碼、地址等，對答流暢，不禁驚歎百歲老人記性這麼好。

有時我們會突然聽到月英婆婆的哭聲，像個孩子哇哇啼哭，幾乎任何人都無法讓她平靜下來。到她心情愉快的時候，她又會爽朗地豪邁大笑，情緒化得莫名其妙，教人摸不着頭腦。她經常嚷着肚子餓，要吃東西。太陽蛋、燒鵝髀、香腸、靚叉燒、煎豬扒……數過很多食物，但最終她吃到的，只有麥皮、清粥和梳打餅。沒辦法，這兒能為她安排的就只有這些無法滿足她願望的營養膳食。

月英婆婆像個吃不飽的孩子，就算吃了三碗稀粥，她仍呼喊肚子餓，仍為沒有東西可以吃而發脾氣。這豈不像那些不曉得飽的饞嘴小孩子，肚子漲鼓鼓的仍要繼續吃？

「這是什麼地方呢？我要回家！你們虐待我，刻薄我！」

「求求你，施捨我三十塊錢吧！我已經很久沒吃東西了，很餓，我一定會還錢的。你菩薩心腸，我以後一定報恩。」

「我要投訴！我要投訴！投訴你們所有人！」

不論白天還是深夜，月英婆婆隨時都會喊出幾句類似這樣的話，偶爾情緒特別激動、特別高漲，聲音就加倍洪亮。試過一次，她更喊出惡毒的、詛咒人的話，讓大家都嚇了一跳。如果只看到她這一面，恐怕會覺得她野蠻難纏得討厭，諸多要求，愛鬧情緒，畢竟紛亂的節奏中誰有空閒理會她呢？

有時又會聽到月英婆婆請求大家借電話給她讓她致電弟弟，可是那個她能倒背如流的電話號碼是個空號，永遠無法尋着她的弟弟。然而她還是會呼喊，要是聯絡得上弟弟便立即請弟弟接她走，帶她到餐廳飽餐一頓再回家。「細佬最錫我，他不會讓你們欺負我的。」

不喊餓的時候，月英嬸嬸對每個人都讚不絕口，感激之情溢於言表，也顯得通情達理，處處體諒，經常逗人聊天，應對條理分明，講起道理來頭頭是道。看到這一面的她，又覺得她其實甚可愛，並非那種橫蠻無理的只懂得倚老賣老的老人。

後來，月英婆婆的家傭來了，整天相伴在側，在公立醫院能有這樣特別的安排相信已甚難得。猶記得她甫見到家傭到來的時候，馬上涕淚俱下嚎啕大哭，繼而嗚嗚哀號，控訴自己被無情欺負，情貌委屈。家傭耐心地聽她哭訴，溫柔地輕輕為她拭去淚水，一番溫言軟語的安慰之後，月英婆婆才冷靜下來，像個孩子依偎在家傭臂彎裏，只有家傭才能逗得她破涕為笑。相信不只我，其他人都一樣疑惑，怎麼這老婆婆如此愛鬧彆扭呢？她是被寵壞的寶貝老人嗎？

原來月英婆婆根本沒有一百歲，我是聽到家傭與護士的對話才知曉的。那個她不停嚷着要撥的電話雖是空號，卻曾是真實的，只是她渴想着要聯絡的弟弟，早已駕鶴西去。她的老伴、兩個兒子、一個女兒都相繼仙遊了，家傭是孫女聘請來專門照顧、陪伴月英婆婆的。

年屆九十五歲高齡的月英婆婆早已走不動了，家族裏到現時為止就數她最長壽，然而卻也只有她得了腦退化，像在腦袋裏藏着一塊自動橡皮擦，隨時隨意擦去記憶的板塊，只剩齷齪的邊邊角角。伴隨她多年的腦退化症讓她渾然忘卻許多人事，只是她快速敏捷的合理應答沒有讓人輕易察覺原來她的記憶早已碎散成殘缺的拼圖。在她的認知裏，已然消失的回憶板塊包括年歲、包括兒女，剩下的一切印象也未必全然真確，只有童年時光整日捱餓的記憶在她的生命不住徘徊，不住刺痛她、牽動她，繚繞不去。

沒有人知道，月英婆婆腦海深處裏那塊殘忍的自動橡皮擦，除了飢餓、已離世的弟弟、家傭，還會為她留下些什麼？

# 霎時蒼老

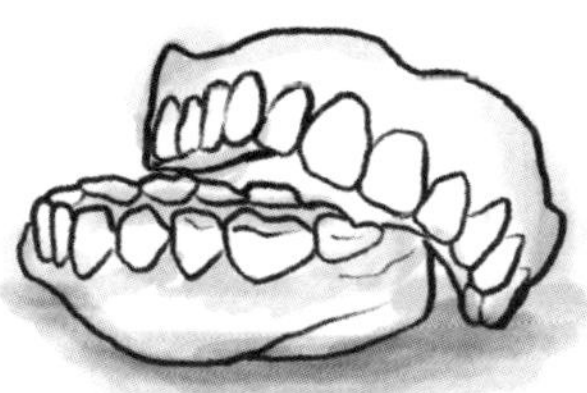

美蓮達婆婆是個混血兒，滿頭銀絲柔順閃亮，輪廓分明，深邃的瞳仁使她看起來格外機靈。

雖然是混血兒，但美蓮達婆婆是個土生土長的香港人，而且非常重視家庭觀念，是個奉行「在家從父、出嫁從夫、老來從子」規條的典型傳統女士。

醫生囑咐美蓮達婆婆請家人來醫院一趟，因為想向他們解釋美蓮達婆婆多項檢查結果，但美蓮達婆婆再三推搪，說她的家在新界古洞，要子女特地來醫院路途太遠，太不方便。醫生說：「這兒也是新界啊！你不用擔心，家人在意你，多遠都會來。」幽默的美蓮達婆婆竟對醫生說：「傻豬，呢處沙田啊！邊係新界呢？」

美蓮達婆婆還舉出了很多理由，諸如兒子女兒全部要上班或帶孩子，有時甚至要加班，非常忙碌；又或他們各有家庭要照顧，分身乏術等。大概是因為怕路程轉折遙遠，又怕給兒女添麻煩，更怕讓兒女知道自己的病情會令他們煩惱憂心，所以不停找理由推辭。不禁想，她不是有九個兒女嗎？美蓮達婆婆住院超過一星期了，期間只見過她其中兩個女兒各探望了她兩次，可能其他子女真的忙不迭應付工作、家庭，難以抽空？也許不是兒女拒絕照顧，反而是母親體諒兒女，不敢「打擾」，捨不得要他們操心？

美蓮達婆婆是個風趣的人，愛說笑，有時她的應答讓人一時語塞，像個老頑童。因為嚴重貧血，美蓮達婆婆不時需要輸血，對此她表示很不耐煩：「唔，你哋嗰頭又抽我啲血，嗰頭又要輸啲血畀我，你哋玩玩具咩？」我們都笑了，那個年輕的護士學生邊安撫她邊笑說差點沒被她氣昏。又有一次她一直嚷着要上洗手間，央求了很久，護士好不容易才答允破例容許她不必使用便盆，攙扶她到洗手間。為了記錄她的排便狀況，護士問她拉了大便還是小便呢？「我屙屁啊！呵呵呵呵！」原來調皮的美蓮達婆婆是覺得被軟禁在病牀上太久，悶得發慌，想要出外走走。

有時和她聊天，我們也會有哭笑不得的感覺。記得有個談吐舉止相當優雅斯文，說話輕聲細語的嬸嬸住在美蓮達婆婆對面牀，她多次問美蓮達婆婆幾多歲，結果換來的答案是「六個仔、三個女。」、「有咩話好唔好㗎，都係自己生嘅。」、「我好錫啲孫㗎！啲孫最鍾意食我煮嘅炒牛肉。」、「平時夜晚食飯好熱鬧㗎！我哋全部住埋左右隔籬。」……這些生活瑣事都是美蓮達婆婆告訴大家的，只是有時她的答案未必與問題搭配得上而已。耳背的人太有趣了，有時曉得機智適時地「駁嘴」，有時又「牛頭唔搭馬嘴」，毫無章法可言，反應活潑多變得讓人猜不透摸不着。

估計因為她耳背，手術前護士曾問她有沒有假牙或鬆牙，她並沒說自己嘴巴裏有全副假牙。聽說好像是到了即將進行手術時才讓麻醉師發現了假牙，結果兩排牙齒脫下來後就不知跑哪兒去了。常聽到護士對準備動手術的病人說什麼都不要帶到手術室，眼鏡、飾物等統統都要放下，否則一定無法尋回，我以為是嚇唬人，原來真有其事。大概那副假牙已和做完手術的醫療廢物一併掃到垃圾箱裏了。

失去了兩排牙齒，美蓮達婆婆的嘴巴像凹陷了，霎時間蒼老了許多。而且本來伶牙俐齒的她因為少了牙齒的支撐，說起話來竟變得口齒不清，像個糊塗的老婆婆，病房裏的歡聲笑語也減少了。

最後，是護士打電話給美蓮達婆婆的女兒請她過來的，腫瘤科醫生說，證實了美蓮達婆婆除了患有尿道炎，還有更嚴重的問題——宮頸癌，而且已經到第三期了。美蓮達婆婆的女兒哭了，而她一臉茫然，彷彿聽不懂醫生說什麼，只伸手摸摸女兒的頭，為她擦眼淚。偷偷望向那病牀，病牀上無語、遲滯的銀髮老婆婆，竟突然變得如此陌生。

後來美蓮達婆婆捲曲着身子躺在牀上，換成女兒輕輕撫順她的頭髮，美蓮達婆婆一直指着自己的嘴巴卻不作聲，女兒對她說：「媽，出院後我帶你重新配一副假牙。」

終於，美蓮達婆婆深陷的嘴巴才再次展露出最燦爛的笑容。

# 晚宴

從昨天開始，玉娟婆婆一直沉沉昏睡，迷迷糊糊的，莫說開口講話，她根本虛弱得幾近連睜開眼睛的力氣都沒有。

除夕的晚上，很多人來看玉娟婆婆，大概都是她的兒孫，輪流伴在她牀邊，病房難得地車水馬龍。眾人捎來的過節食物堆滿桌面、牀頭櫃和罕有的椅子。八至十人的病房，能夠獲分一把椅子的確很難得了，牀與牀頭櫃緊貼得連丁點縫隙都沒有。有些剛動過手術不久，拖着疲弱疼痛的軀體的病人，在指定的必須離牀靜坐的時候，甚至要被安排到其他人的牀邊借椅子。每個進來看望玉娟婆婆的人，都先稱呼她，然後說自己是誰，帶了什麼東西來，儼如一種極其莊嚴的儀式。忽然間許多與醫院格格不入的食物都出現了：燒鵝、炸子雞、炒辣蟹、蒸魚、燒味拼盤、咖哩牛腩、煲仔飯、鹹魚蒸肉餅、壽司、乳鴿、茶果、梅菜扣肉、披薩、鹹湯圓……甚至還有盆菜，彷彿一場盛大的晚宴，本來已經狹小的地方更不夠用了。原本充滿漂白水與藥物氣味的病房突然被一股複雜的食物氣味籠罩，構成一種莫名其妙的讓人無法透氣的龐大壓逼。探訪玉娟婆婆的人都會說一句相似的話：「我們來和你過除夕了，大家都來了，明天就是新年了。」只有一位約莫四、五歲的小男孩與眾不同：「婆婆，我係肥B呀！有好多你平時唔可以食嘅嘢啊！你起身食啦，唔食都聞下啦！」

啪！

小男孩吃了一記巴掌，立時嗚嗚地哭，迅即轉成把頭垂得低低地啜泣。打了他一巴掌的女人瞬間也哭了，那女子應該是孩子的媽媽。

許是那一下「啪」聲太響亮，玉娟婆婆竟忽然提了提手，更似要吃力地張開眼睛。婦人哭得更兇了，抓住玉娟婆婆的手連聲道：「媽、媽，我是意珊！」過了一會，玉娟婆婆真的緩緩地睜開了眼睛，依舊一臉疲憊。探訪隊伍又輪流匆匆進來，握握玉娟婆婆的手，叫她一聲便匆匆走出去，換其他人進來。剛才被打的小男孩已經抹乾眼淚，喚了幾聲婆婆，便把手中的機械人放在玉娟婆婆的枕邊，小手掩在玉娟婆婆耳邊，不知說了些什麼悄悄話。在這段人來人往的探訪時間，玉娟婆婆的眼睛一直張開，有時眨眨眼，有時閉目，不過很快又再張開眼，好像要用力看遍每一位來看望她的人。大家都有淚，可能禁不住潸然落下，可能嚶嚶啜泣，可能強忍在眼眶裏湧動如潮漲潮退……只有玉娟婆婆沒有淚，沒有哭，沒有呼喊。只有玉娟婆婆最平靜，柔順如水，一如往日。

第二天，玉娟婆婆還是一直沉沉昏睡，她即將要被送到白普理寧養中心去了。只聽到白普理的姑娘特地過來和玉娟婆婆的家人談了很久，那兒是一個可以隨時探訪，不限探訪人數，不限探訪者年齡的地方。圍在玉娟婆婆牀邊的幾位家人都哭得很厲害，抽搐的肩膀、擤鼻子的聲音此起彼落。側着頭昏睡的玉娟婆婆眼睛睜開過一次，我的目光正好與她對上。還未來得及思考我應該作出怎樣的反應，玉娟婆婆的眼睛已經又闔上了。我自覺好像親眼看着一個生命正逐點逐點地悄然流失，連掙扎的氣力都沒有。幾天前入院的時候，她雖算不上精神奕奕，但至少不似現在般迷糊昏沉。記得內科醫生來看她的時候，她還能開口說自己「心口痛，不過很想出院。」還請求醫生絕對不要讓她在醫院過年。此刻，就算有再多的困惑與不解，身邊有多少人、多少愛、多少不捨包圍着，把人推向死亡的無形大手一貫冷酷無情，時間一到即堅決把一切割斷，瞬息間一切復歸於寂靜，根本沒有人有能力抵抗，甚至可以說，連對抗的資格都沒有。巨大的陰影下，沒有什麼不是微塵。

一直到車子來接玉娟婆婆到白普理寧養中心的時候，她好像都沒有任何肢體動作，連眼睛都沒睜開過。她只是安靜地躺臥着，緩緩地呼吸，緩緩地讓時間在身體裏滑過。很多次我忍不住偷看她，甚至注視她，看看玉娟婆婆離開前會否再睜開雙眼。我曉得如果能再一次湊巧與她的目光對上，我會對她說什麼，即使仍是未必來得及。

所有人都要面對死亡，沒有人可以逃得過。有多少人可以預知自己將要離開人世呢？患病的人或許會以為可以預計自己與死亡的距離，然而比起魂斷的一刻，最教人感到煎熬的，也許正是察覺自己身體機能逐漸衰弱、逐漸失去自理能力，連記憶力都一步一步退化，看到的影像、腦海裏的記憶全都漸變模糊、碎裂、分散、消失……而更殘忍的是必須學習接受自己無法控制這一切倒退，接受自己如砧板上的肉，面對一切皆無能為力。

# 禁足

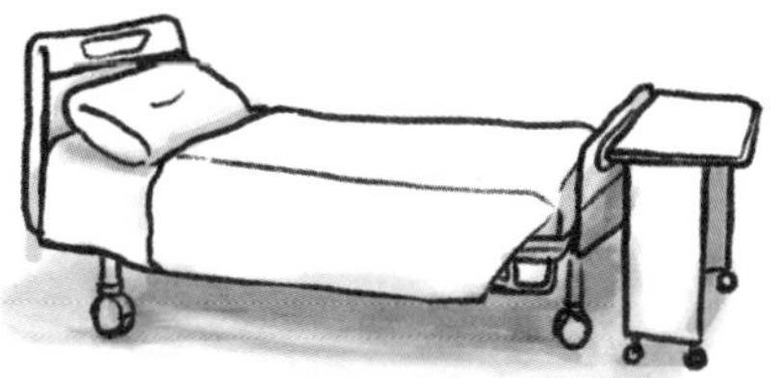

妹婆婆蓄一頭非常短的頭髮，短得像男裝髮型，黑白灰色混雜的貼服髮絲、戴圓框眼鏡，笑的時候眼睛瞇成一線，缺了半排牙齒。手術後傷及元氣，妹婆婆說話聲線沒那麼洪亮了，不過回嘴的速度還是很快，經常說出一些叫人哭笑不得的回應。動過手術、已年屆八十八高壽的老人還這麼機靈活潑，實在不能說她不厲害。

妹婆婆雖說不上健步如飛，但有一支拐杖輔助，她的步履就更細密穩健了。可惜院方堅決不肯讓她自己下牀走動，簡直如她所言：「我行得走得，又要廢我武功！」想離開病牀的時候，妹婆婆絕不按鈴，她只會悄無聲息地偷偷扶着牀沿爬到旁邊的椅子，稍坐一會再伺機前往洗手間。奈何所在的病房距離洗手間較遠之餘，還必須越過護士工作的櫃檯，所以妹婆婆的逃走計劃從未成功。而她第一次偷走極速失敗，是我一手造成的。我記得護士將她從手術室送回來之後，千叮萬囑她想要去洗手間時必須按鈴，好讓她們能把便盆拿過來。豈料當時我見妹婆婆躡手躡腳的從病牀攀到椅子上，我輕聲喚她：「婆婆，請姑娘幫手啦！」當妹婆婆嘟起嘴巴，豎起食指放在嘴巴前示意我安靜，我就知道自己肯定無法制止她進行如此危險的逃走行動了，於是悄悄按下牀邊的召喚鈴，護士走進來問是誰按鈴的時候，妹婆婆的行動就立即曝光了。

原來妹婆婆有五個女六個仔，二十多個孫，真是個「好生養」的家庭。屈指一算，過節團年設宴等日子，要筵開四席，很熱鬧呢！

這次她入院，來看望她的都是女兒，兒子一個都沒來。護士問她：「是不是生女兒好一點呢？生的時候就是兒子好，養的時候還是女兒好。生仔好聽，生女好命啊！」妹婆婆倒說兒女都一樣，她一樣疼，就像全部孫兒也一樣，她每一個都疼錫。難怪她不停說要趕快出院買牛排給孫兒吃。「你兒孫滿堂，真好福氣！」護士又說。

「我好慘時沒人知。個佬衰，打我呀！不過香咗咯。」像我們這一代人，其實不大能明白為何面對「個佬衰」，還能與他生那麼多孩子，日子豈不是過得更苦？一來現今世代鮮有生養如此多孩子的人，二來要是「個佬衰到打我，打到我飛起啊！」，我為何還要留下來作他的「沙包」呢！我也可以過獨立自主的人生啊！偶爾都會聽到像妹婆婆這年紀的女子嫁了個不大曉得愛惜、尊重自己的丈夫，只能說她們夠堅忍，又或者說是認命，不與命運抗爭。

為了表示對強迫「行得走得」的她使用便盆的抗議，妹婆婆幾乎滴水不沾。護士問她為何這麼久也不按鈴告訴她們要上洗手間呢？妹婆婆只說：「我要行去廁所嘛！」到她真的忍無可忍按鈴了，護士們還是堅拒讓她步行到洗手間，連有人攙扶都不可以。無奈就範使用便盆的時候，護士溫柔而堅定地請她多喝水，耐心地規勸她，再三分析不喝水會帶來的惡果，叮囑她不可以因為怕用便盆就拒絕喝水，免得患上尿道炎。妹婆婆竟豪邁地說：「怕什麼！我現在就有尿道炎啦！我還貧血呢！」一副彷彿與人比試較量，看看誰更厲害的口吻。我這才知曉原來她貧血，難怪她要連番輸血。

妹婆婆既不肯用便盆，也不願臥牀。又有一次她「出蠱惑」，按鈴說要拉起布簾小便，等助理嬸嬸發現她遲遲不請人收回便盆，走進簾內才見她已爬到椅子上靜靜坐着，更自行脫掉了壓力襪。這自然又是換來一陣「拷問」了！妹婆婆說她是準備等女兒來幫她洗澡，但那時至少還有兩個半小時才到探訪時間。不料離奇的答案換來更奇異的回應——護士竟說：「要天天洗澡嗎？你昨天才洗過啊！為何要天天洗澡呢？有些地方，人們一生只會洗澡三次啊！」妹婆婆說不洗澡身體會發癢，所以一定要梳洗，病人服務助理也加入游說大軍，說服妹婆婆改變習慣：「洗澡才會癢啊！把皮膚上的油都沖走了，人要有充足油分才不致過分乾燥。習慣可以改的，不要天天洗澡了。皮光肉滑先靚啊婆婆！」其他幾個病人聽了都不禁相視而笑。

　　我也是因為妹婆婆才曉得原來有那麼特別的設備——為了應付她常常偷偷離開病牀，她的牀褥被換了，不知是牀邊有機關還是什麼特殊裝置，只要她試圖爬下牀，墊褥就會發出響亮的音樂聲，像每逢聖誕節必廣受歡迎的，只需按鍵即播放美妙旋律的音樂聖誕卡那樣。難怪在妹婆婆洗澡的時候，護士和病人服務助理匆匆忙忙地合力換墊褥，我還以為是她弄濕了牀墊，原來是大家有秘密行動。你有張良計，我有過牆梯，真是一山還有一山高。

叮叮咚咚的音樂響起，所有人都知道，妹婆婆又準備爬下牀逃走了。

孤单

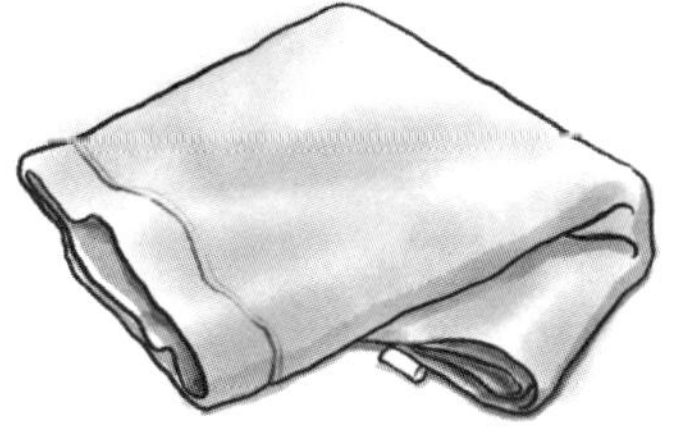

我在這裏住了三天，思莉也住了三天。但是一直以來，我沒見過任何人來探望她。

起初我不大喜歡她，因為她不講究衛生，也沒有安全意識，明明自己高燒不退，不停咳嗽、打噴嚏，卻始終不肯戴口罩。醫生給她口罩請她戴上，她勉為其難地戴上了，可是每到咳嗽或打噴嚏時，必定拉下口罩，當然是沒有遮掩口鼻的。而她正正被分配在我對面牀，當她唏哩嘩啦地擤鼻涕、噴飛沫時，許是神經過敏，我自覺首當其衝。不過無論如何，她這舉動無疑是散播細菌，置他人的安全健康於不顧，實在非常自私，所以我對她有很壞的印象。難以理解為何到處有這種人，只是除了自己戴上口罩保護自己，我別無他法。

我曾在半夜上洗手間，趁着所有人都入睡了的時候悄悄把口罩放在思莉的桌上，希望她翌日醒來時發現會曉得有需要戴上它，可惜試了兩天還是無功而還，好生失望。醫生、護士一次又一次提醒她，她都置若罔聞，大家都拿她沒辦法。

那個晚上，半夜裏突然有個聲音響起：「有肚嘅快啲走。」好像小時候玩大風吹的口令。然後我們幾個婦人就魚貫走到門外，我見思莉不為所動，便告訴護士病房裏面還有一個可能懷孕的病人。病房外的孕婦個個睡眼惺忪，衣衫不整，頭髮亂七八糟，大家面面相覷，不曉得為何要集體疏散。後來才知道，原來是因為有病人要照X光。那時，思莉獨自站在一旁按手機。

記得思莉比我遲半天入院，當時她嘔吐大作，食不下嚥。這三天以來她除了喝大量飲品，一點固體食物都沒吃過。葡萄適、檸檬茶、可樂、寶礦力……她堅持自己沒有胃口，任何食物都不肯吃。護士禁止她喝檸檬飲料和碳酸飲料之後，她還是趁沒有人發現的時候就把藏在櫃子裏的飲品拿出來大口大口喝。

護士看到我正在吃媽媽煮的麪線和牛肉湯，叮囑我一定要全部吃光，補充營養和體力，又勸思莉吃東西，還幫她打開桌上的乾果麥包，着她放鬆心情一邊看電視一邊吃，就當吃零食一般。「有人陪伴着一起吃，胃口也會好一點啊！」這位護士不是第一次耐心地勸病人吃東西了，上次有一位手術後的婦人飢腸轆轆，但家人沒有送來食物，熱心的她趕緊送上紙包牛奶和幾包梳打餅、夾心餅乾，可惜婦人都覺得不對胃口。餓了幾小時，還是一點都不願意嚐。

結果，護士不厭其煩在交更前再次勸思莉進食，免得餓壞了身子。

又勸又哄，還幫她盛了一杯暖水、撕開了梳打餅的包裝袋。瘦小的身影漸漸淡出病房，輕快的步履如對每一位病人耐心溫柔相勸時的溫言軟語。恐怕怎麼說都是徒勞啊，我心想。

因為不喜歡她，幾天以來我一句話都沒有跟思莉說。突然有一天，我拿着大包衣物用具準備前往梳洗的時候，她主動開口問我：「你是要到樓下嗎？可否幫我買一條毛巾？」我這才知道原來她和我一樣，都要禁足。

我掙扎了好一陣子，後來還是把以備不時之需的新毛巾送了給她，並請家人探望我時給我多帶一條新毛巾。她接過毛巾的時候非常驚喜，我一直疑惑為何她一切梳洗用品都不缺，獨欠一條毛巾？想來自己入院時倒是什麼都來不及帶，的士車資、急症室收費幾乎花光我身上的錢，剩餘的數十塊，恐怕還不夠我到醫院便利店買一雙拖鞋。

思莉很年輕，不到三十歲，娘家的人全在內地，她跟男友和十歲的兒子同住。平日為了生活打一份「牛工」，為工作而工作。男友從早到晚上班，根本無法前來探望她。她是預先知道自己要入院的，不過還是漏帶了東西。男友和兒子都知道她住院，不過始終沒有人給她送來日用品。這段時間陪伴她的，只有手提電話，所以在「不准充電」的告示下她一次又一次被提醒，仍舊一次又一次濫用電掣充電。

幾次傾談之後，我終於鼓起勇氣提議思莉時刻戴上口罩：「醫院病菌多，保護自己也保障別人，對自己的病情也有好處。」雖說鼓起勇氣，話仍是說得婉轉。這回輪到思莉尷尬了，猶幸自此之後她真是甚少隨意拉開口罩，任由口沫病菌橫飛。

禁足令一解除，思莉就天天往樓下跑，抱一大堆垃圾食物回來啃，醫院的飯餐她一點都沒吃。她更說自己已經進行過好幾次人工流產手術，偏偏這陣子多次檢驗結果都顯示懷孕指數飄忽不定，什麼都不能做，令她好生煩惱。其實要是這次真的確認懷孕了，她也不想要。我忽然想起那次半夜大風吹，她是故意不疏散的嗎？思莉似乎不怎麼愛自己的身體，也視小生命為兒戲。我無法理解，也絕不能認同她的價值觀。自此之後，我更少與思莉交談了。

「我不想麻煩他們，所以叫他們不要來。」這可以明白，要不是確定要住院，無法隱瞞，我也不想家人來徒憂心。「不過我男朋友也不像你的家人那麼貼心，就算有時間也不會天天來相伴。」思莉這麼說，我忽然覺得有點尷尬，也恍然明白難怪她不用禁足之後，每到晚間探病時段，病房內人頭湧湧，有人高談闊論，有人喁喁細語，唯獨不見思莉蹤影。

看到因病情反覆而遲遲不能出院的思莉，我曉得了孤單。在她聽醫生講解化驗報告、分析手術風險的時候，她只有自己一個人，在她進入手術室前和離開手術室後，都是只有自己一個人。即使到了終於可以出院的時候，也是自己一個人。

原來哭了

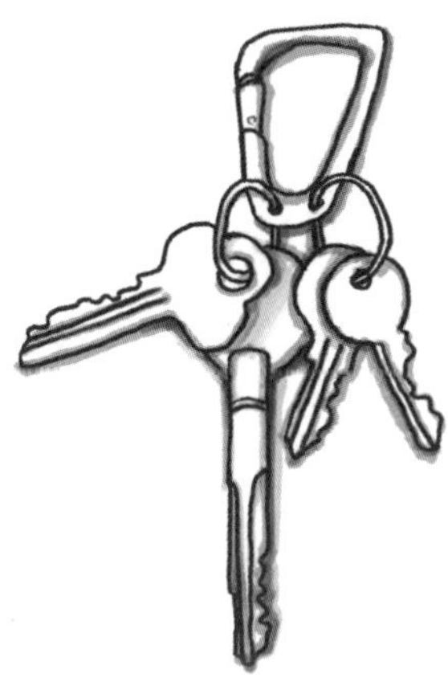

「你看，旁邊的人在哭。」懿荷的先生悄聲對她說。

「不要看，不要令人尷尬。大部分來這兒的人都是哭過的，我來的時候也哭，哭完就算了。」

先生彷彿晴天霹靂。「噢，原來你也哭了？」懿荷比他無奈百倍。

在前往急症室途中，心慌意亂的懿荷淚水兇猛地流，鼻腔溢滿鼻水釀成渾厚的重低音，連的士司機都忍不住出言安慰她。怎麼會不哭呢？難道先生以為她真的獨立強悍如此？還是真的以為這不過是一樁小事呢？

這兒常常有人哭，有的哭聲呼天搶地，一邊哭一邊捶胸頓足；有的一邊哭一邊喃喃自語；有的哭得比較節制，輕聲地嚶嚶啜泣。各人都為自己的情況心煩意亂，大家都甚少安慰別人，因為彼此都不知道對方的情況，話太多只怕稍一不慎即更易觸動別人的情緒。有時會有院牧在病房之間穿梭，尋找需要安慰的心靈，但願意和她交談的人不算多。甚至有時她放在大家案頭的單張或紀念品，不多久已經轉移到垃圾箱裏了。

曾經有朋友說懿荷獨立得沒有親人觀念，雖然對方明顯已經刻意把話說得很輕，但懿荷聽了，心還是戚戚然。是的，很多事她都沒有讓親人知道，但她不過是不想家人擔心，她的出發點原是因為愛他們，不想加重他們的負擔，反正知道了也不能改變事實，或做不了什麼。徒換一場虛空的擔憂，倒不如讓事情安靜乾脆地解決了更好。

沒想到，原來在別人眼裏，這是缺乏親人觀念的表現。懿荷恍然有種被針扎到的刺痛感覺。當然，多愁善感的她不會讓朋友知道這話刺痛了她，畢竟各人都有自己的玻璃心。

懿荷的確是比較獨立的，她有一個哥哥兩個弟弟，最小的弟弟早夭，父母把三個孩子養大，等到各人都成家立室後才返回老家印尼養老。小時候一家人感情其實不錯，但各自成家、父母回鄉之後，手足感情漸見生疏。有時懿荷主動約哥哥和弟弟相聚都很不容易，她曉得，兩兄弟心裏有刺，因為哥哥和嫂嫂覺得爸媽偏心，把從前努力經營的家庭式印尼小店和房子給了弟弟。爸媽的心意，懿荷怎會不明白呢？弟弟自幼體弱，能力又不及兄姊，三人之中向來以哥哥的工作能力最強，際遇又好，雖不至於飛黃騰達，但要置業、養妻活兒完全沒難度。弟弟的生活則可謂捉襟見肘，從前和妻子、兒子與父母同住在由父母自費購買以自住的公屋單位，婆媳心靈和房子的空間同樣越發狹小。弟婦一直希望分家，大家口裏不說，但心裏都知道。一家人同住這個單位三十年，大家都捨不得將之放售，父母告老還鄉，單位順理成章讓小弟一家住，哥哥和嫂嫂心裏的刺就紮得比樹根還要深了。

夫家家庭觀念處於緊密又生疏之間，丈夫是獨生子，父母的希望全押在他身上，自幼對他百般呵護照顧，以至於他不大敏感於對別人的關顧，也不擅長考慮別人的需要。雖然父母對獨生子寵溺有加，但婚後與丈夫和公公婆婆同住，懿荷才發現其實這個三人家庭彼此之間非常生疏。丈夫對父母言聽計從，但三人幾乎不甚溝通。婚後必須與父母同住，其實也是婆婆的意思，丈夫心底的意願沒有人知道，他從來都不說。公公婆婆常常有意無意在懿荷面前提醒她不要有分家的念頭。懿荷覺得公公對她還可以，但直覺婆婆不太喜歡她，不但對她不甚關愛，還經常挑剔她家務事兒做得不妥當、嫌棄她骨瘦如柴、批評她烹調的菜色口味寡淡。可能覺得她搶了自己的兒子吧，但在兒子面前，婆婆從來沒有批評過懿荷。這一點，令懿荷覺得不是味兒。如果覺得她有這麼多做得不好的地方，為什麼非得要在兒子不在場的時候才責難她呢？懿荷最受不了的是婆婆常說：「你爸媽都不在港，兄弟又分家，你自己孤伶伶，全靠我阿仔娶了你，你才有頭家。」這些話每每刺着懿荷的痛處，讓她倍覺寄人籬下，孤苦伶仃。

這次入院是因為懿荷上洗手間時突然排出大量鮮血，差點沒把她嚇個半死，檢查後確診是腎炎，還意外發現了她子宮裏有個碩大的囊腫，需要做緊急手術切除腫瘤。入院首兩天都沒有人來看望她，因為丈夫連續兩天上夜班，錯過探病時間，所以說待她手術後才來探望，而公公和婆婆也沒有來看她。懿荷其實掙扎過要不要告訴哥哥和弟弟，不過最後她都沒有說，免得為他們增添煩惱。

手術之後懿荷餓極了，疲倦得有虛脫的感覺，她多麼想喝上一口湯或粥水，不過她知道這是不可能的。她給丈夫傳了訊息，請丈夫晚上來訪時為她帶點熱食，結果丈夫帶來了燒鵝瀨。她不能說丈夫不關心她，燒鵝瀨的確是她常點的下午茶，因為夠飽肚，只是手術後有傷口不能吃燒鵝這一點，丈夫大抵不知道。

世界充滿不明不白不解，就像她對別人想法的不解，也像別人對她的處境不理解一樣。當丈夫為別人哭泣驚訝的時候，懿荷心裏想的是其實她也很想丈夫在自己身邊，很想丈夫主動說告假半天在她手術前來看看她，可惜他像頭牛，不解溫柔，所以懿荷賭氣地說出其實自己也哭過了，她以為這樣說能得到一點安慰，誰知她得到的，不過是一個莫名其妙的訝異表情。

人生在世，各有辛酸。不是所有人都愛將所有歷練細數，不是沒有大肆宣揚就沒經歷過傷痛。比起再三強調、搬演，還有更多人選擇默默努力。不自傷自憐，是力量，也是智慧。也許在打擊裏磨練意志、在消磨裏學習順服、在焦躁裏培養忍耐、在患難裏訓練信心，就是她在這次突如其來的意外，在這個充滿病患和哀怨的地方裏唯一可以做的，最大的人生功課。

# 擴散

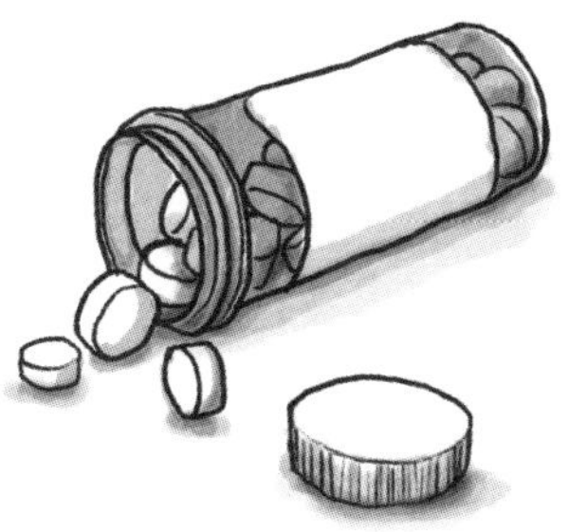

瑞英嬸嬸上月剛慶祝六十歲生日，筵席上那脆皮乳鴿的皮有多香脆，大家吃得有多滋味，她仍記得。

上星期四，瑞英嬸嬸和姊妹們上茶樓期間突感腹痛難當，上洗手間時赫然發現排出大量鮮血和血塊，嚇得她六神無主，金蘭姊妹裳姐馬上截的士陪她到急症室，沿途一直鮮血直流，弄髒了的士後座的沙發，猶幸司機大哥寬宏大量，並沒追究。當時裳姐還對瑞英說：「沒事的沒事的！你看，我們出路遇貴人，沒事的！」

入院後，瑞英嬸嬸持續出血，吃了止血丸都未見好轉，情況反覆。瑞英嬸嬸從沒想過，自己竟會有要用紙尿片的一天，焦慮、錯愕、驚惶、憂懼、難堪……種種複雜的情緒交織，內心苦不堪言。她無法控制自己，幾近不能停止地想像自己罹患惡疾，命不久矣。「為何要選中我呢？」這個問題在瑞英嬸嬸的腦內不住迴響。

醫生巡房時說已有初步化驗結果了，報告顯示情況不太理想。「能夠請家人安排你到私家醫院做磁力共振嗎？我們想看清楚目前情況，以便安排手術。大約要三至四千元，但可以早一點確認病情現階段發展至哪個地步。這會構成很大經濟負擔嗎？在公立醫院排期輪候磁力共振的時間太漫長了，最快也要以月計，惟恐耽誤病情。」聽到這番話，瑞英嬸嬸已心知自己病情不妙，張惶失措之間仍爽快應答：「可以可以，我叫兒子安排。」

探訪時間終於到了，瑞英嬸嬸的兒女都來了。二人衣着光鮮，一頭長長棕啡色鬈髮的女子打扮入時，身上穿戴不少珠寶首飾，提一個名牌小手袋；年青男子一身西裝筆挺，手提名牌公事包，二人手裏握着的都是新款智能電話。「在政府醫院排期要多久呢？一般最快可以什麼時候做磁力共振？」二人不停追問護士。護士不厭其煩再三申明最快也要等數月甚至大半年，力勸他們不要等公立醫院安排了，待完成私家醫院的檢查再回來政府醫院排期動手術。對話重複多遍，護士都急得把手上可盡快進行檢查的醫院、診所名單捏皺了，二人竟仍說要再仔細考慮商量。

我想，瑞英嫲嫲必如護士和我們這些旁觀者一般驚愕。兒女平日輪流到來探望又如何呢？如果瑞英嫲嫲有工作有存款，自己拿幾千塊錢來檢查更好，不用為看着「身光頸靚」的子女連拿數千元來給媽媽檢查都捨不得而心傷。恐怕他們的手機都不止這個價錢吧！如果兒女們真的有經濟困難，又或病情已惡化到要用大量金錢無法負擔的地步，要考慮也情有可原，但現在不過要數千元確認病情，要思考這麼久又是什麼原因？

隔不了多久，熱心的護士為他們查詢了價錢：三千元，三天後就有空檔可檢查，請他們積極考慮。我可以想像護士的焦急，那次為一位完全不曉得廣東話的老婆婆翌日將要動手術一事，她以不純正的普通話吃力也盡力地與她溝通，二人的對話「唔湯唔水」，才發現原來老婆婆只懂得家鄉話，她會說的普通話就只有「些些」（謝謝）和「好的」。而且，老婆婆不認得字，想要用紙筆溝通也是不可能的。

好不容易二人終於接上線了，老婆婆理解到原來護士想與她的孫兒通電話。豈料電話接通了，孫兒會講的也是家鄉話和少量普通話，而唯一懂得說廣東話的兒子呢？公幹。孫兒也是從家鄉來港短期逗留，暫時負責照顧老婆婆。

護士非常耐心地指示老婆婆的孫兒為老婆婆準備手術後的必需品，從衛生用品、梳洗用具到指定品牌的紙內褲……又叮囑他牢記手術後有什麼要注意等。掛線之後，護士還擔心老婆婆的孫兒聽不明白，想借用老婆婆的電話傳訊息清楚交代細節，誰知老婆婆的電話沒法傳訊息，她不厭其煩找來紙筆，寫一張清單貼在老婆婆的桌子上，待晚上老婆婆的家人來看望她時可以讀到、取用。

這位護士曾經在我失眠用電筒夜讀的時候為我點亮牀頭小夜燈，又在我為身體狀況滿腹疑懼的時候替我排解憂困，更在我為醫生的話黯然傷神的時候安撫糾結的內心……

護士走開後，我聽到那個不肖子對瑞英嬸嬸說：「不要擔心，腫瘤是不會爆裂的，腫瘤是慢性疾病，最壞的情況也只會擴散，我們先不要焦急。」

瑞英嬸嬸終於忍不住在他們面前哭起來了，嚶嚶啜泣間低吟：「我和你們爸爸都那麼疼惜你們，如果你們爸爸還在，一定會付費醫治我。」不知道她的兒女們聽到這話，曉得心酸嗎？探訪時間完結之前，二人先後離去。離開前仍不住對瑞英嬸嬸解釋不是不想醫治她，只是希望她不要緊張，因為養好身體也要花時間。「知道你很愛錫我們，我們也愛護你啊，不用擔心，腫瘤不會爆裂，可能是良性瘤就更不成問題了。」

估計瑞英嬸嬸的兒女覺得一旦發現腫瘤，無論如何最終還是無法復原的。因為他們曾問護士：「如果證實是惡性腫瘤，是否花很長時間醫治也不會康復？」護士禁不住答：「三千元就是要用來確認你媽媽體內的瘤是良性還是惡性啊！」

醫生、護士不是沒有說腫瘤擴散延誤醫治會帶來什麼後果，瑞英嬸嬸自己也聽得一清二楚，只有她的一對子女不為所動。

同一病房的老婦安慰瑞英嬸嬸，瑞英嬸嬸抽噎着說兒女平日待她也不算差，不過是工作忙碌，較少時間陪伴她。雖然不定時給她的零用錢不算多，而且大部分都反用在兒女身上，但她的衣服鞋襪、手提電話等都是兒女給她添置的，他們又為她繳交水電煤氣費，也不讓她辛苦打工，只需為他們打掃家居，豈料到她不幸患病時竟然不願意醫治她。

「還是你的女兒好啊！天天來餵你吃飯、替你洗澡、為你按摩，又陪你散步。」

「莉雅不是我的親生女兒啊！她只是女兒聘請來照顧我的外傭姐姐，不過我覺得她比女兒還要愛惜我，照顧我時很細心。」

瑞英嬸嬸的淚水還是止不住地流，和她體內排出的血一樣，默默地流，不知還要流多久。

良辰

「我真的很沒用啊。」莉珍說。聽着，我心都酸了。

莉珍本來就長得又高又大，她一直為自己的壯碩身形而自豪。小時候住在新界農村，家裏是下田的，她上小學之後才曉得原來自己住的地方和「家族事業」與眾不同，哥哥們曾因此而被同學取笑，曾直言再也不敢讓同學知道自己的「身世」，莉珍卻一點都不反感，甚至到了高小的時候偶爾便會招呼她的幾位好朋友到家裏開「田野大會」，摘菜、栽種、玩泥巴，母親會給她們煮現摘的菜，可能因為每次大家都玩得累了，眾人都說莉珍家種的菜特別好吃。雖然幾個女孩子都只是小學生，又毫無種田經驗，但在莉珍的帶領下，也玩得不亦樂乎。這幾位女孩子的媽媽都喜歡莉珍，覺得她乖巧伶俐，很放心女兒和她結為朋友。活潑好動的莉珍也常說很慶幸自幼便結識了三位好夥伴，四人一直到現在感情仍親好深厚，情同姊妹。感恩我正是其中一人。我何嘗不慶幸能與莉珍結為良朋，她樂觀豁達的個性，對我影響甚深。我自幼膽小怕事，個性杞人憂天，升中那年因為不適應環境的轉變，終日愁眉苦臉誠惶誠恐，由早到晚鬱鬱寡歡。很多不自覺陷入胡思亂想的時候都靠莉珍開解我、陪伴我，而她也總是耐着性子開導我，如果沒有她，恐怕我仍在自設的胡同裏死命地兜圈子，惶惶不可終日。我曉得我們三人其實都特別喜歡莉珍，她是聯繫我們四人組的關鍵人物。莉珍也是家裏的好幫手，做事勤快爽利，對父母事事順服，個性開朗樂天又不拘小節，在兄弟姊妹中常擔當「和事老」。

中學畢業後就嫁給鄰居的莉珍一直沒有離開大自然，長期日曬為她帶來黝黑的膚色、不間斷的勞動讓她有壯碩的軀體，青春期時我們幾個曾因見身邊的同學都長得五官標緻，打扮起來漂亮得體，學着模仿她們整理妝容，四個女孩湊合零用錢買了些廉價的化妝品，輪流在大家的臉上塗脂抹粉，照鏡一看，笑得前仰後合。我不禁自慚形穢，覺得自己鄉土味甚濃，但莉珍豪邁地說：「我又肥又大又黑又實，咪仲村姑過你！」然後又爽朗地哈哈大笑，我很羨慕她能這般自信，這是我一輩子都學不了的。

我從未見過她如此失落，這根本不是我認識的莉珍。

莉珍馬上要當媽媽了，目前她已懷孕三十八週，可是肚裏孩子只有不夠兩公斤。比起上兩週還要縮小了，甚至有愈來愈小的傾向，為了胎兒安全，醫生建議催生，所以莉珍入院了。記得她第一次在我們姊妹羣組宣佈她懷孕的消息時，還說過自己這麼胖，擔心會不會誕下巨嬰呢？

誰都沒料到最後她竟然會生產一個迷你寶寶。

莉珍懷孕期間承受了很多壓力，因為她腹中嬰孩一直偏小，所以不論她的爸爸媽媽、公公婆婆還是先生都合力「夾擊」她，在家父母日夜不停地熬煮大量濃湯要她當水喝，到了夫家公公婆婆又準備了一盅緊接一盅的燉品要她吃。醫生雖囑咐她勿過量飲食，但在四大長老輪流發功、丈夫密切監察下，她一點一滴都不能浪費。當然，向來儉樸的莉珍也捨不得浪費。好幾次她鼓起勇氣請家人不要煮過量食物，得到的回應都是：「唔係畀你食啊！我畀個孫食咋！」於是，有時有些莉珍想吃的東西，她都不敢吃，因為她怕本身已相當肥胖的自己體重會急速飆升，健康院的護士說過體重增長太多並不理想。不過後來莉珍發現，原來這些都不算什麼壓力，最大壓力來自丈夫第一次陪她往產前檢查之後。

四大長老聽到丈夫複述醫生說胎兒偏小後，食物就更源源不絕地送來，而向來體格強健的莉珍竟讓孕吐折磨得不似人形。莉珍的體重一直增加，更開始出現糖尿和血壓飄忽等症狀，腹中塊肉卻一直偏小，每次丈夫和她前往檢查後都搖頭歎息，深鎖的眉頭總教莉珍惴惴不安。她最常聽到的話變成：「你常常嘔吐，孩子怎樣吸收營養呢？」莉珍自然是無法控制自己不嘔吐的，委屈之中也愈來愈擔心孩子的生長和健康狀況。她開始失眠，經常不由自主地哭，我這才發現和她做了二十年朋友，第一次聽說她失眠，第一次看到她哭。向來孝順的莉珍，又怎會讓家人知道這些情緒呢？她甚至連頂撞他們一句都不會。我們不曉得要如何排解莉珍的委曲，平日都是她來安慰、開解我們的，看着淚眼婆娑的她，我不得不承認自己是個多麼不稱職的好姊妹。

到產前病房探望莉珍時，看見數月以來容顏愈見憔悴的她躺在牀上，巨大的肚子隆起，完全想像不到她肚子裏的會是個體重不達標的嬰兒。我握着她的手，她的眼淚又流下來了。

醫生將要用藥為莉珍催生，但是何時生產還得看她的身體反應。用藥後不會立即分娩，有些人要等二十四小時，甚至超過二十四小時後再施藥。「要是我的寶寶再不出來怎麼辦？她縮小了，但明明我的肚子愈脹愈大，明明我已吃很多東西啊！」莉珍嗚咽着，我的心揪住揪住痛。

莉珍的電話不斷響起，在她身旁的丈夫的電話也響個不停。「阿爸阿媽說後天是個壞日子，不要讓寶寶後天出生。」這邊廂，莉珍的父母也催促着她今天就要誕下孩子，因為今天是好日子，明天雖非吉日，但還算平順，絕對不要超過晚上十一時讓孩子出生……

不止四個老人家迷信，連莉珍的丈夫也思想迂腐，竟在一旁對痛得滿頭大汗、淚眼汪汪的莉珍說：「你就聽聽老人家的話，用點力，合作一點吧！你也不想我們的孩子一生顛沛吧？『腳頭唔好』的孩子會連累兩家，這樣對大家都不好。何況她還是個女兒。」

一旁的我錯愕不已。他這樣說是什麼意思呢？看着妻子承受這樣的苦楚，即使無法分擔也可說些較體諒的話表示支持安撫吧！竟能這樣理直氣壯地胡言亂語，簡直鬼話連篇！難道莉珍可以控制孩子何時出生嗎？

「除非情況突然非常緊急，否則我們是不會為你剖腹的。如果你要選擇孩子的出生時間，你就不應該選擇在我們這間醫院分娩。」醫生說，面帶慍色。

我輕聲叫莉珍不要再接電話了，她竟還憂慮不接電話會令長輩擔心。我早已和她一樣哭成淚人，捨不得看着好友受這種苦，卻無能為力。我忍不住請莉珍的丈夫不要再說話了，就靜靜地陪着莉珍吧，對在苦難煎熬裏輪迴的妻子說那些無意義的話盡是多餘。然而，她的丈夫仍是繼續接電話，繼續在何時是吉日何時是凶日的問題上糾纏不休。

我緊握莉珍的手，輕輕為她擦淚。我恨他們的極端迷信與迂腐，孩子還未出生、成長，已經判定她的一生，這對她公平嗎？對孩子的母親公平嗎？他們重視的是莉珍與孩子的生命還是所迷信的風水吉凶？

猶幸莉珍對藥物的反應很敏感，我能在探期完結之前親眼看到醫生判斷莉珍可以到候產室待產了，我在心裏默默祈求莉珍和她的女兒一定要平安，她的女兒要盡快出生，免得將來母女二人要受無盡的苦。此刻我能做的，就只有這最虔敬、最真誠的祝願。

# 偷走

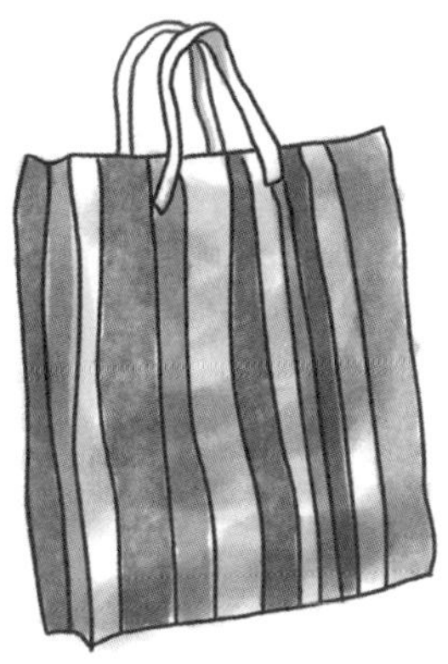

看到佩蘭嬸嬸的腿腫得像豬蹄，我想，那不能用舉步維艱來形容，因為以那種腫脹的程度來說，根本連動都不能動了。

她們花了很大氣力強行拉扯，才能勉強用那雙壓力襪包住佩蘭嬸嬸的半條小腿，彷彿必須稍稍休息，喘一口氣，又吸一口氣運勁才能再把壓力襪拉到接近膝蓋的高度。我第一次親眼目睹腫脹得如此嚇人的腿。原來要穿一雙襪子，可以如此艱難。前天我還埋怨強要為我穿襪子保暖的人嘮叨，「長這麼大的人還不會自己穿襪子嗎？冷得支持不住我就會穿啊！」想來這話是說錯了，不是人人都能隨時自行穿着鞋襪的。

要不是女兒強行電召救護車送她到急症室，佩蘭嬸嬸是絕對不會求醫的，因為以她的經驗判斷，這種情況一定要入院留醫。於是，由登上救護車那一刻起，佩蘭嬸嬸已想着要用什麼方法出院了。

近年佩蘭嬸嬸動過幾次大大小小的手術，最嚴重的一次連子宮都切除了，不過因為她自小種田，日曬雨淋早已視之等閒，年青時體格強健，所以每次身體出了問題都很快復原。不過她始終不明白，為何步入初老已百病纏身。惟一感恩的，可算自己不怕捱不怕苦，吃過的這些苦頭、捱過的這些手術刀口，她統統都不怕。女兒們都常說佩服她。

今次她是因為雙腿嚴重水腫而入院，據說平日在家，佩蘭嬸嬸每天要為自己打針兩次，至於是什麼針藥我就不清楚了。我只曉得她不大「聽話」，雖然她自備針藥入院，但護士早上才吩咐過她不要自行注射，要等到大約十點鐘，護士就會來替她打針。不過護士的千叮萬囑是白費唇舌的，佩蘭嬸嬸在嘴巴前豎起食指輕聲對我說她已經自行打針之後，我看一看錶，還不到九點半。「因為打完針要休息一會兒，所以我要早點『搞掂』。」當時我還未明白，為何要早點打針呢？慢慢休息不可以嗎？反正等待出院文件的時間多着呢！

當姑娘四處尋找佩蘭嬸嬸不果，終於打電話問：「佩蘭，你在哪兒？醫生要見你啊！」的時候，我就恍然醒悟了。護士們無奈笑說佩蘭嬸嬸已在馬鐵上，準備回家繼續收拾，為搬家作最後衝刺。

半小時之後，偷走了的佩蘭嬸嬸自然是要回到病房裏來面見醫生的。真魯莽啊！我想。我們這輩被軟禁的人，怎麼可能逃得掉呢？

其實本來醫生也說要讓佩蘭嬸嬸出院的，因為過了一晚，她的腿已消腫了，只是可能等候出院文件實在等太久了，她才耐不住偷走。談笑間看出護士們好像已和佩蘭嬸嬸很熟絡似的，估計她已是這兒的「常客」。難怪她膽子這麼大。

「因為我忙着替女兒搬家啊！這兩星期一直執拾，我知道大概是太操勞了，所以雙腿才腫脹不堪，現在消腫了就沒問題了！我本來只打算偷走三小時就回來，不好意思啊！」佩蘭嬸嬸笑嘻嘻地向護士們賠罪，尷尬之中帶點難為情。「你搏老命為女兒也要顧着自己才行嘛！」佩蘭嬸嬸又尷尬地掩面笑了。

原來佩蘭嬸嬸有四個女兒，其中最小的女兒已生了三個孩子，現在還懷有第四胎，胎兒已三十四週大。因為「見紅」，當晚她送了佩蘭嬸嬸上病房之後就自行到婦產科報到入院了。「我不出去打點就沒有人可以處理女兒搬家的事了！也沒有人照料那三條『化骨龍』，我一定要幫她啊！」佩蘭嬸嬸着急地說。

佩蘭嬸嬸是個非常愛說話的人，整日喋喋不休，就算是初次見面的陌生人，她都不介意將自己的事與人分享，所以住在同一個病房的人不難發現每次她提起女兒和孫子們的時候都特別緊張，格外高興，也知道她的公公婆婆和先生因為她未能為家庭帶來男孫而不喜歡她，先生甚至強逼她繼續同住但要簽紙離婚，以便他另娶他人。「他和再娶的女人『一索得男』啊！」樂觀的佩蘭嬸嬸還笑說幸好自己愛勞動，又能把家務事打理得井井有條，照顧孩子又特別有辦法，所以在家也不至於全無地位，四個女兒乖巧伶俐，甚得爺爺嫲嫲歡心，這樣她已很滿足了。

其實聽到公公婆婆和先生因她生了四個女兒而不高興，先生甚至因而再娶，我已不怎麼聽得下去了，公公婆婆重男輕女的守舊思想固然教人無奈齒冷，先生以此為再娶的理由更是令人髮指！其他如女兒們對她的依賴、一個人帶幾個孫子的吃力情況……佩蘭嬸嬸竟然可將這一切視作等閒，甚至還能從中專門挑選出感恩的事來說，該說她豁達知足還是思想迂腐？

到底是佩蘭嬸嬸放不開手放不下心，才會造成像現在這種沒了她就什麼都不成事的局面，還是真的除她以外，別無任何人能取代她的工作？是別人貶低了她的價值使得她慣性甘願任勞任怨，還是老舊思想夷平了她的個人自主意識，變成一個家庭的附屬品犧牲品？我的答案和佩蘭嬸嬸的可能永遠不會一樣。

宿命？

這是幾多人的寫照呢？尤其上一代，甚至再上一代，恐怕有不少人都落在這循環裏吧。

辦理入院手續，除了量身高體重，還要回答一大堆問題，姓名、年齡、電話號碼、住址等基本個人資料自然是必須，還有一些如有否食物或藥物敏感、病歷、學歷程度、經濟狀況、婚姻狀況、宗教信仰……更有一個問題是與誰同住。

「婆婆，你家裏有沒有工人呢？」面前滿頭鬈曲白髮的老婆婆答：「新抱囉！」這個答案，令貝嘉嚇了一跳，忍不住斜睨老婆婆一眼。陪伴老婆婆入院，站在一旁的正是她的媳婦。貝嘉又偷偷瞄了幾眼站在老婆婆身旁的女士，約莫五十歲，非常樸素的打扮、溫順的模樣，像她的母親，都是那種看起來服從夫婿、服從家翁婆婆的典型傳統婦人。

貝嘉常常覺得嫲嫲欺負她的母親，母親又不爭氣，只懂得自覺委屈卻又不敢對抗，常說：「她年紀那麼大了，就忍讓她一下吧！」而父親呢，簡直是幫兇，完全不可指望。父親雖沒有什麼不良嗜好，但他那種習慣對一切都冷處理的個性總是令貝嘉心有怨憤。父親老是說：「我媽很辛苦，你遷就她一下吧！」面無表情地說，彷彿不過是例行公事，連安慰都稱不上，遑論奢望他公正持平地評理了。好幾次貝嘉都按捺不住怒火惡言相向：「我媽難道不辛苦嗎？我媽也很苦，誰來遷就她？」無奈父親一貫充耳不聞。

從前貝嘉覺得外婆還不錯，雖不特別疼愛母親，但至少不怎麼使喚她。豈料如今外婆愈老愈糊塗，常常撥個電話就要母親立刻在她面前出現，大至陪診小至家務換牀單洗廁所。貝嘉不明白，外婆家距離他們家大約四十五分鐘車程，雖不算遠至需長途跋涉舟車勞頓，但也不算近，而且外婆兒女共六個，有三個媳婦，怎麼偏偏只愛吩咐媽媽？其他人都跑到哪兒了？同住的兒子和媳婦呢？為什麼他們不能處理家務？

嫲嫲勞役人的「招數」也不遑多讓。父親是獨生子，嫲嫲對他寵愛有加，把父親養成一個自小十指不沾陽春水的人，即使現在已五十餘歲，有時仍處處流露他的不懂自理，例如她從未見過父親穿需要繫鞋帶的鞋，因為父親根本不懂繫鞋帶；她也未見過父親下廚，如果母親來不及煮飯，除了乾糧、杯麪和外賣，或者由貝嘉下廚，否則她未見過任何可以果腹的東西。父親根本是個超齡的港孩。貝嘉真想不通母親當年為何會嫁給一個這樣的男人，一個連照顧自己都有困難的人，哪有能力承擔照顧家庭的重任。

於是，自父母婚後同住至今，所有家務都由嫲嫲的肩上全數轉移至貝嘉的媽媽身上。「我老喇，做唔到咁多先要你做！以前全部家頭細務都係我做！」嫲嫲曾經幾次大發雷霆，都是因為看到貝嘉的父親手忙腳亂地「做家務」。嫲嫲的頤指氣使、父親的無動於衷、母親的逆來順受，貝嘉看在眼裏，只越發不滿。

母親的觀念，貝嘉並不認同。「女人就是這樣了。」、「做人媳婦就是這樣了。」、「人老了就是這樣了。」……這些所謂理由、辯解，都非常不中聽。她同情母親，卻也恨母親，恨她心甘情願做「妹仔」。

「如果是這樣，我豈不是跟你一樣嗎？你是我媽媽，怎麼不見你隨便勞役我？你自己都不抵抗，即使旁人想幫你也愛莫能助！」怒氣沖沖的貝嘉道。只是話一出口，她即覺後悔極了。她曉得自己衝口而出的話傷了母親的心。從小母親都對她愛護有加，無微不至的呵護照顧，對她的牛脾氣也處處包容。

在醫院工作日久，常見不論送病人入院，或是來探望、照顧年紀老邁的病婦的，又真的以女兒和媳婦為主。好幾次看到那些態度惡劣地指責媳婦的婆婆，貝嘉都忍不住想，如果父母看到自己的女兒被如此對待，大概會很心痛吧！欺負人的婆婆可能從前也受到家翁和婆婆的不公平對待，但若是這種惡性循環繼續輪迴，何時才得以終結？如果她們也有女兒，捨得女兒受到這樣的對待嗎？莫非真的如母親所說，女子永遠無法擺脫這種宿命？

貝嘉明年就結婚了，丈夫也是獨生子，可幸獨立自主，自理能力甚佳，不似父親那般愛依賴。唯一令她猶豫的，是未婚夫非常服從母親，對母親唯命是從，所以，婆媳關係確是令她憂心忡忡的一環，尤其原生家庭裏的婆媳關係有意無意間已影響她甚深。不過貝嘉還是勉力安慰自己，凡事總有例外的。不是所有媽媽都會使喚女兒，也不是所有婆婆都會「虐待」媳婦，更不是所有獨生子都是港孩。

「不是所有人都承受得了你的脾氣啊，將來和婆婆同住，更要謹言慎行，別把所有情緒都寫在臉上，不要令阿威為難。老人家像孩子，有時鬧鬧情緒在所難免，當然不是要你『死忍』，遷就人之餘也要愛自己。覺得不開心、委屈的話一定要回來告訴我，媽媽知道你做得到的。」

時代進步之後，不但社會文化轉變，女性亦有更強的自主意識，相信即使仍有「野蠻奶奶」，但曉得對無理批評和橫蠻要求作出抵抗的媳婦，應該也比從前多。她不反對要尊敬婆婆，但希望能做到彼此尊重，因為沒有人有必要活得那麼委屈，如果要這般委曲求存，她不但對不起自己，也對不起一直善待她、愛錫她的母親。她不是不願意孝順家翁婆婆和父母，但她覺得，在照顧裏也不可忽略自己。

改變？

彩玲姐的朋友不多，她曉得是因為自己的個性不太討好。曾經有過知心好友，但友誼總是不長久，不止一人批評過她最大問題是說話句句帶刺，得勢不饒人。不是沒有想過改變自己的性格和脾氣，無奈始終改不了。

在醫院工作的彩玲姐，對病人說話不但毫不客氣，更經常高聲批評甚至嫌棄病人，例如那些無法自行上洗手間的年老病人就最常成為她責難的對象，旁人聽着都覺得委屈。坦白說，要是能健步如飛活動自如，誰又想求助於人，連上洗手間的自由自主都被剝奪？那個經常需要上洗手間的老婆婆可算是被她諷刺得最多的人。「又去？你一個鐘前先去完喎，你好得閒啫，我哋好忙㗎，好似你咁得閒咩！」拖得長長的尾音盡見她的不滿。其實，即使不體諒也實在不必諷刺，至少留點基本尊重，留幾分尊嚴給別人。許多病人都是軟弱的，或者無心也無力還擊，聽到再多傷人的話也難以反駁。

「好得閒咩！合作下啦，畀個盆你就用啦，幾十歲人易話為啲啦！」劈頭劈腦的呼喝老婆婆，又一次。嘶嘞一聲，窗簾滑過路軌，彩玲姐又有意見發表了，她在病房裏來回踱步，一番話彷彿對每個病人說，但沒有人搭理她。「去到山區冇廁所都係咁啦！做人梗係要適應，唔好畀咁多麻煩人啦，幾十歲人就更加要化啦。」

同房有一個病人特別討厭彩玲姐。那個病人因手術後需臥牀，不小心把一團擤過鼻涕抹過眼淚的紙巾掉到地上，於是按鈴請人幫忙撿拾，恰巧應聲進來的正是彩玲姐。病人氣若游絲地道歉，說不小心推跌了紙巾，拜託她幫忙整理，彩玲姐的反應異常大，大家都嚇了一跳。「嘩！

點可以掉垃圾落地下等人執喍！做個文明人，唔好做啲咁嘅嘢，尊重自己尊重別人啦！咁污糟叫人點執呀？」病人用力地重複了一遍：「是不小心弄跌了，不是故意掉到地上的。」彩玲姐還是聽不到似的，繼續喋喋不休地教訓。「將心比心，你自己都唔鍾意咁唔衛生啦！人哋話唔可以咁做自然有原因啦！我哋唔會供應膠袋，你叫屋企人帶畀你，總之唔好亂咁掉垃圾。己所不欲，勿施於人，大家都係知識分子，有讀過書，你識字啦？識睇告示啦……」那種曉以大義教訓人的口吻實在惹人生厭。

娥姐曾與彩玲姐相當友好。她多次提醒彩玲姐要慎言，得饒人處且饒人，要是自己真的做錯了就客氣道歉，誠心認錯，口出惡言不但容易開罪人，也使別人退避三舍。彩玲姐嘴硬，每次都辯駁，說自己不過是「直腸直肚」。終於娥姐還是與彩玲姐疏遠了，因為彩玲姐又因口舌招尤，換來護士長的提點。而這次，彩玲姐真的想改變了，偏偏像永遠管不住一張嘴巴似的，老是口不擇言。

這次一個病人短時間內再次入院，持續地哭，圍着病牀的三邊布簾一直緊閉，彩玲姐多次拉開布簾，病人都說不方便，一幅布簾又開又關，咻！齒輪滑過鐵軌的聲音刺耳極了。簾外只聽到陣陣淒涼的啜泣聲，不難明白緊閉布簾大概是想要片刻私密的空間。幾小時後病人紅腫着眼出院，彩玲姐一邊收拾牀鋪一邊喃喃埋怨病人一直緊拉布簾，護士對她說：「病人也會有特別需要啊。凡事總有例外。」「我認得，她是以前的病房經理嘛！經理就要拉簾咩？有特權呀？」彩玲姐不假思索立即回話。

後來護士長面見了彩玲姐，對她說有些特殊情況的確需要以布簾遮擋以保障病人私隱，非關特權，也請她要多留意言行，尊重別人，尤其尊重別人的私隱。

「我錯囉我錯囉我錯囉，咪認咗囉認咗係我錯囉！仲想點呀？」彩玲姐自然是不敢對護士長發晦氣的，但娥姐對她好言相勸的時候，她這番充滿憤恨，咬牙切齒的高聲回應正正落入所有人的耳朵裏，包括護士長。娥姐為之氣結，因為是她介紹彩玲姐來醫院工作的，已有不少人私下婉轉請她提醒彩玲姐要注意自己的言詞、語氣、態度，娥姐覺得又尷尬又無辜，好生為難。她不是沒有規勸彩玲姐，甚至更因此而白白忍受了許多冷言冷語，她非常後悔引薦了彩玲姐進來醫院工作，簡直自討苦吃，自尋煩惱。難怪有言「唔做中，唔做保，唔做媒人三代好」，娥姐最終還是與彩玲姐疏遠了，雖然她曉得失去的不只是一位同事，更是一位朋友，但是，她竟沒有想像中的失落，反而在淡淡的惋惜中有鬆一口氣的感覺。

今天，病房收到一張感謝卡，同時有一封正式投訴信。感謝卡上出現了許多醫護人員的名字，而那封長長的投訴信上則只有一個人被投訴，信上列明許多她住院期間親眼目睹彩玲姐種種對病人不禮貌、不尊重的事例，每一項都寫得繪影繪聲，如在目前。信件落入彩玲姐手上之前，早已滑過每一位護士的眼睛，更彷彿錯覺每一雙眼睛都在打量、注視她。彩玲姐不是第一次聽到別人對自己的批評，但如此實在的白紙黑字的註明，還是頭一遭，每字每句，讀來還是有些刺痛，不過這些痛，她已不知道可以對誰說。

# 後記

記得校閱上一本書《看見看不見——游欣妮短篇小說集》時，有想過該書對學生來說會否太大負擔呢？這次《角落裏的她》同樣也曾教我心生類似顧慮。因為這本書的故事，同樣相對較少歡愉、團圓、美滿的片段，而裏面有些人物的故事，也是年青人未必會自發關心、留意的，甚至是沒有機會接觸的。但這些人物的生命、思想等確實存在，他們也是社會的一份子，更可能是我們隨時會遇到的人。有時我們看別人，難免都只聚焦於對方如意的一面，但現實生活其實充滿真實的艱難或挑戰、陷入危難的沼澤裏內心或有掙扎，為了衝出重圍或慌不擇路……這一切很多時都是被忽略，或刻意隱去的。當我們真正與人相交，真正關心人時，所謂真正的溝通和了解，又是什麼呢？人與人之間的距離、相處，是一輩子要學習的課題。

書裏九成故事的初稿，都寫於約三年前。當時我正經歷生命裏重大的考驗，過了一段時刻咬緊牙關、誠惶誠恐的日子，終日在黯淡的濃霧裏徘徊，又在密雲裏勉力期盼，心情矛盾，憂喜相間。

三年之間，數次整理當時寫過的故事，每次都抽起一些段落，甚至抽起整篇。我並非放棄寫過的文字，也不是已經放下有過的經歷，只不過當我一再細讀，都覺得不忍回看，也無力改寫那些難以承受的悲痛哀傷經驗和見聞時，還是覺得將它們存在抽屜，鎖在心底好了。考慮到主要讀者羣是莘莘學子，我最後選擇了目前這些故事出版，雖然部分故事仍有憂傷，但這是真實的人生。我不是希望傳播人生只有沉重艱難的消極信息，反而盼望大家透過閱讀和思考來疏理感受，接觸不同人的故事，明白人生在世，雖各有辛酸，但我們有能力選擇學習面對情緒和難題，而非因感覺孤單或不被理解而選擇隱藏或壓抑。每個人的困難不盡相同，不必只鑽進自己的胡同。

感謝突破出版社團隊，難忘編輯詠慈一句：「突破一直都會出版你的文章」，能夠在寫作路上遇到恆久的夥伴，無疑是肯定與信心；感謝學生，激活我的腦細胞之餘，不吝提出疑問或批評，讓我有機會聽見讀者的聲音；讀者的支持、友伴的鼓勵和評價、「經理人」的催逼和鞭策……無一不是推動我向前的力量。最重要感謝我所愛的每一位家人，今年生日的時候，媽媽和我有以下訊息對話：

游媽媽：「祝你生日快樂，身體健康，心想事成，萬事如意！」

我：「多謝媽咪，多謝你辛苦生我出嚟，照顧我湊大我，到依家都仲成日幫我。我愛你！」

游媽媽：「唔使多謝，係我嘅責任生咗你哋就要照顧，最緊要你哋照顧好自己身體就是愛我。」

讀到媽媽的溫言軟語，我很感動，也很心虛。自女兒出生後，除了手抱階段會抱她在懷裏寫作，此後我都等她入睡後才有機會執筆。好幾次夜半被她逮個正着，小人兒皺着眉揉着睡眼問我：「媽媽做咩上堂嘅？（見到我開了電腦）」或是「媽媽做咩睇文件嘅？（見到我校對列印稿）」聽到女兒的童言童語，我也很感動，很心虛。

面對媽媽我心虛，因為不敢告訴她自己在深夜或清晨寫作，怕她擔心我累壞；面對女兒我心虛，因為怕她「通風報信」，告訴外公外婆我夜裏工作，幾乎忘了她不過兩歲。不過她們的話都讓我很感動，因為我曉得這些話，都出於愛。

如果說校園故事是希望同學代入、思考生活，校園以外的故事就是希望成為其中一個嘗試開闊他們眼界，啟發他們多觀察，多關心身邊人的途徑。但願我們都能用心生活，用心感受，即使覺得太多外在因素洶湧繁雜，難以改變，即使身陷困局難見出路……但是，在「踩盡油門」生活的同時，在勉力調整心情和態度，適應、接受的同時，仍不忘常存希望，相信看得見光，並尋覓微小的光之所在。

**角落裏的她**
作者／游欣妮
策劃編輯／羅詠恩
美術設計／胡凱悅
出版發行／突破出版社
香港沙田亞公角山路 33 號突破青年村
電話：2632 0000　傳真：2632 0388
電郵：breakthrough@breakthrough.org.hk
網址：http://www.breakthrough.org.hk
http://www.btproduct.com
承印／新世紀印刷實業有限公司
2021 年 11 月初版 1 刷
2023 年 12 月初版 2 刷


**The Stories Behind**
by Yau Yan Ni
First Printing, First Edition, November 2021
Second Printing, First Edition, December 2023

Printed in Hong Kong
ISBN 978-988-8562-56-5

誠邀閣下就突破出版社的書籍發表意見

歡迎加入突破書籍 Facebook page — http://www.facebook.com/btbooks.page

**本書採用環保油墨印刷**